혼자서도 잘하는 반려가전 팝니다

혐오와 착취는 취급 안 하는 여성 전용 섹스토이숍 유포리아 이야기

혼자서도 잘하는 반려가전 팝니다

안진영 지음

머리말

'섹스토이를 파는 20대 사업가인 나의 이야기를 해보자!'라고 시작한 글이 어느 순간 내 20대 전체를 관통하는 글이 되어버렸다. 섹스토이 파는 이야기를 하자니 섹스 이야기와 성적 존재로서의 내 고민을 담지 않을 수 없었다. 여성 사업가로서의 우여곡절을 담다 보니 20대 여성의 설 자리에 대해서도 이야기하게 되었다. 그리하여 이 책은 페미니즘 책이면서 사업 성장기면서 섹스 수필이면서 그렇지 않기도 한 애매모호한 글이 되어버렸지만, 그럼 어떤가? 인간은 본래 다면적인 존재인 것을!

웹소설의 프롤로그처럼 이 책을 소개해본다면 이런 느낌일 듯싶다.

섹스토이와의 갑작스러운 첫 만남. 폭주하는 증기기관차 같은 오르가슴. 그러나 조국의 섹스토이가 이렇게 비쌀 줄은 몰랐으니, 그래, 이렇게 터무니없이 비싸게 팔리는 거라면…

–제가 팔게요. 계약해요, 우리.

상대는 바이브레이터 왕국의 명문가 새티스파이어. 귀족도 아니고 아무 기반도 없는 신흥 상단주에 불과한 나와 계약해줄 리가….

–좋소. 계약하겠소.

–(…!) 그럼 계약기간은?

–서로가 파기를 원할 때까지.

–좋아요. 단, 조건이 있어요. 서로에게 신의를 지킬 것. 계약기간 동안 합리적 가격과 우수한 품질의 제품을 제공할 것. 나도 성적 대상화 없는 나만의 방식으로 팔아보겠어요.

이렇게 시작된 계약 결혼(이라 쓰고 사업이라 읽는다). 나는 파죽지세로 바이브레이터 왕국과 딜도 왕국의 온갖 명문가로부터 계약을 따냈고, 마침내… Happily ever after! (따란~)

…하는 웹소설처럼 행복한 완결과 꽃길만 걷는 외전으로 끝나는 이야기라면 좋으련만, 아쉽게도 그렇지 않다. 성생활용품업계의 추한 현실을 다 덮어둔 채 "이제 모두 해피엔딩~" 하며 이야기를 끝낼 수는 없으니까.

1부는 나의 대학생 시절 창업기부터 5년간의 우당탕탕 현실 사업 분투기다. 생계형 자영업자이기 때문에 대단한 이야기가 있는 것은 아니지만, 그렇기에 섹스토이에 관심이 있거나 사용해본 사람들, 나아가 창업을 고민하는 이들이 섹스토이에 대한 편견과 오해를 내려놓고 진입장벽 없이 가볍게 읽을 수 있는 이야기였으면 한다. 물론 사업은 현재진행형이기에 내 전투 기록도 나날이 새롭게 쓰여나가고 있다.

2부에서는 섹스토이 산업의 여성혐오를 이야기했다. 섹스토이 산업이 여성을 성적으로 대상화해온 '유구한' 역사와 최근의 섹스돌 이슈, 미비한 안전 규제까지 직접 내부 고발자가 되어 이 업계의 케케묵은 혐오와 차별의 문제를 수면 위로 드러내고자 했다. 이를 불편하게 여기는 업계 관계자들도 있겠지만, 도저히 말하지 않을 수 없는 이야기였다.

3부에서는 20대 여성으로서 내 성에 대한 사적이지만 그렇기에 가장 정치적인 이야기를 적었다. 3부의 초고를 읽은 친구가 나를 만류할 정도로 고통스러웠던 나의 역사를 솔직하게 담았다. 그만큼 많은 독자가 공감할 수 있기를 소원한다. 말미에는 독자들이 건강하고 즐거운 자위 생활을 영위하길 바라는 마음으로 안전하면서도 자신에게 알맞은 섹스토이 고르는 법을 덧붙였다.

나의 아픔이 오롯이 내 몫이 아닌 우리 모두의 아픔임을 알기에 용기 내어 털어놓을 수 있었다. 온라인상으로 서로에게 용기를 불어넣은 수많은 자매 덕분이다. 감사하다. 이 책이 나오기까지 독려해준 휴머니스트 편집부에 고마움을 전한다. 딱히 원고 진도도 못 나가면서 책 쓴다며 태업했던 대표를 묵묵히 지켜봐주고 함께 일해준 유포리아의 모든 구성원, 사랑하고 존경

한다. 유포리아를 신뢰하고 이용해주는 고객님들에게도 감사를 드린다. 앞으로도 안전하고 좋은 제품을 저렴하게 들여오기 위해 최선을 다할 것이다.

책 나온다 나온다 큰소리만 쳐놓고 막상 출간될 기미는 1도 안 보였던 나를 비웃지 않고 기다려준 소중한 친구들, 책 진짜 나왔다! 지금은 햄스터별에서 쉬고 있는 모찌와 더스티야, 고맙고 사랑했어. 그리고 곧 세 살이 될 챠콜이, 앞으로도 건강하자! 둔둔이도 엄마랑 행복하게 살자! 그리고 끝까지 이 글과 스스로를 포기하지 않은 나에게도 격려와 찬사를 보낸다.

차례

3부 남성 없는 섹스를 상상하기까지

1부

이제 반려가전 하나쯤 들여놓으시죠

1장

섹스토이로 번창할 줄은 나도 몰랐습니다

어쩌다가 섹스토이 사업을 시작하게 되셨나요?

사업을 시작하고 나서 가장 많이 받은 질문을 꼽으라면 이 질문이 단연 1위일 테다. 다소 특이한 사업 아이템의 특성상 나는 이런 질문을 받을 때면 뭔가 창의적이고 충격적인 답변을 들려줘야 한다는 강박을 느끼게 된다.

하지만 식상하게도 "하하, 어쩌다 보니 그렇게 됐네요"라고밖에 표현할 수가 없었는데, 섹스토이 사업을 시작하게 된 진짜 계기를 말하자면 4년 전 방망이 모양의 거대한 유선 마사지기로 하이테크놀로지 오르가슴의 세계에 입문한 순간부터 해외 20여 개 브랜드의 국내 유통을 책임지는 유통회사를 운영하게 된 지금까지의 이야기를 주절주절 늘어놓아야 하기 때문이다.

드디어 주절주절 이야기를 늘어놓아도 민망하지 않은 지면이 허락되었으니, TMI면 좀 어떤가? 누군가는 호기심을 가지고 읽어줄 거라는 생각으로 풀어본다. 최첨단 테크놀로지 셀프케어를 기본으로 고군분투 사업 이야기, 베일에 싸인 수군수군 업계 이야기, 우당탕탕 사무실 일상 이야기 등 여성들만으로 구성된 섹스토이숍 유포리아의 TMI 대잔치! (빠밤)

반려가전과의 첫 만남

미국에서 인턴을 하던 2015년 여름, 당시 내가 만나고 있던 파트너는 성적으로 거리낌 없이 열려 있고 모험을 두려워하지 않는 도전적인 친구였다. 섹스에 누구보다 진지했던 그 친구는 매번 누구보다 열심히 임하며 온갖 새로운 시도로 나를 놀라게 하곤 했다. 20년 넘게 파워 유교 성리학 국가에서 자라며 억압되어 온 성적 에너지를 마음껏 발산하고 새로운 나(?)를 찾게 해준 고마운 개새끼랄까? 그 친구와 만나며 섹스토이의 세계에도 자연스럽게 입문할 수 있었다.

그 친구와 함께 사용해본 나의 첫 반려가전은 전설의 '히타치 매직 완드'.

히타치 매직 완드는 수많은 영상물에 출연하며 유명해진 섹스토이의 대명사와도 같은 제품으로, 한국에서는 보통 '페어리'라고 불린다. 처음 경험해본 히타치 매직 완드는 마치 강도 선택에 '강-강강-강강강-강강강강'뿐이라는 듯한 강렬한 진동을 앞세워 기승전결이나 서론·본론·결론 따위 없이 숨 막히는 오르가슴으로 내 머리끄덩이를 붙잡고 끌고 가는 불한당 같은 녀석이었다. 220V 콘센트로부터 스트레이트로 전달되는 파워풀한 진동의 폭포 앞에서 전원을 켠 지 채 1분도 되기 전에 나의 클리토리스가 천재지변 같은 천둥 번개 오르가슴을 온 몸에 분출하고 만 것이다.

갑작스러운 신속 퀵 강력 오르가슴에 나는 어안이 벙벙해졌다. 이런 게 가능하다고? 이런 오르가슴이 실존한단 말이야? BL에서나 나오는 줄 알았던 '신음이 절로 나고 허리가 휘고 몸을 주체할 수 없게 만드는 폭발적인 오르가슴'이 실제로 존재한다니…. 손가락과 손목만을 사용하던 원시적인 가내 수공업 오르가슴이 갑자기 산업혁명을 거쳐 폭주하는 증기기관차 오르가슴으로 진화하는 순간이었다.

늦게 배운 도둑질이 날 새는 줄 모른다고 하던가? 히타치 매직 완드로 선진 문물 오르가슴에 입문한 나는 날마다 자기 전에 아마존 'Sexual Wellness' 코너에 들어가서 최저가 순으로 저렴하고 괜찮아 보이는 토이를 찾아보기 시작했다. 부족한 예산을 쪼개고 쪼개 한참 고민한 끝에 구매한 제품은 세 가지. 손목시계용 건전지 세 개로 작동하는 허접한 불렛 바이브레이터, 몸통은 회전하고 쫑긋 귀는 진동하는 어쩐지 수상하게 생긴 래빗 바이브레이터, 타일에 붙여 사용할 수 있는 우람한 딜도. 그들과 함께라면 그 어떤 잠 못 드는 밤도 두렵지 않았다.

섹스토이를 만나기 전까지 나에게 섹스는 내 몸을 원하는 상대방의 관심을 통해 내 존재가치를 스스로에게 설득하려는 처절한 자기 증명의 수단이었다. 그러나 섹스토이를 사용할 때는 허벅지 튼살을 걱정할 일도, 어떻게 하면 '섹시하게' 보일 수 있을지 고민하며 엉덩이를 내밀고 허리를 뒤틀 필요도 없었다. 오로지 내 몸의 감각에 집중했고, 나만을 만족시키기 위한 스스로와의 섹스를 했다. 섹스토이를 사용하며 성욕에 대한 영문 모를 죄책감을 한 겹씩 허물고 나만의 오롯한 쾌감을 추구할 수 있었다. 한국의 유교걸로 자라나 성적 욕망을 인정하기를 두려워하던 나는 섹스토이를 사용하며 비로소 욕망의 주체가 되어 스스로를 기쁘게 할 수 있는 사람으로 거듭난 것이다.

토이는 다양한 이름으로 불린다. 오랫동안 대중적으로 사용해온 표현인 '성인용품'부터 '성생활용품', '섹스토이', '반려가전'까지. 제품의 쓰임새를 직관적으로 표현하는 단어는 '섹스토이'겠지만, 나는 '반려가전'이라는 이름이 가장 마음에 든다. '짝이 되는 동무'라는 뜻의 '반려'는 토이에 가장 잘 어울리는 수식어다. 반려가전은 파트너에게 의존하지 않아도 되는, 나만의 자기주도적 쾌락을 찾아가는 여정의 든든한 동무가 되어준다. 게다가 전기만 제때 먹여주고 위생적으로 관리하면 반려'인'처럼 성병과 임신의 위험을 가져올 일도, 나를 배신하고 마음을 갈기갈기 찢어놓을 일도 없다.

응? 아마존에서 사다 팔아도 이보단 싸게 팔겠는데?

그저 반려가전이 좋은 마음에 아마존 Sexual Wellness 코너를 이리저리 구경하다 보니 근사한 제품들을 적잖이 발견할 수 있었다. 이렇게 좋은 신문물을 나만 알 수는 없지! 곧 한국에 있는 친구들에게도 반려가전의 신세계를 전파하기 시작했다. 기계 친구와 한번 만나보면 다시는 손가락으로 돌아갈 수 없다는 내 지론을 설파했다. 제품도 추천해줄 겸 한국의 성생활용품 사이트를 찾아봤다.

그런데 전 세계적으로 유명한 Fun Factory나 Lelo 같은 브랜드의 제품들을 한국 시장에서 거의 찾아볼 수 없었던 것은 물론(지금은 모두 한국에 들어와 있다), 같은 제품도 한국에서는 두세 배 비싼 가격에 팔리고 있는 것이 아닌가? 여성을 노골적으로 대상화하는 남성용 제품은 그때도 한국에 많이 들어와 있었고 가격이 그렇게 비싸지도 않았다. 그러나 유독 여성용 제품의 가격이 외국에 비해 비싸도 너무 비쌌다. 미국에서는 색깔도 다양하고 안전성도 보장된 반려가전들이 화장품을 닮은 외관과 '셀프 케어 용품'이라는 포지셔닝으로 고객들을 유혹하고 있었는데, 조국의 '성인용품숍'에서는 소재도 안전성도 검증되지 않은 우락부락 딜도가 무려 10만 원에 판매되고 있었다. 미국에서 2만 원쯤 주고 산 싸구려 래빗 바이브레이터는 한국에서 7만 원이었고, 비싸서 눈독만 들였던 고급 바이브레이터는 미국에서 15만 원쯤 했다면 한국에서는 50만 원까지 가격이 치솟았다.

한국 여성들만 반려가전을 들이는 데 이렇게 비싼 금액을 지불해야 하는 건 불공평했다. 물론 그때도 샛별과 같은 소수의 선구자들이 남성 위주의 업계에서 여성을 위한 시장을 천천히 개척해가고 있었다. 하지만 지갑은 가벼우나 예쁘고 좋은 제품을 원하는 나 같은 고객들의 니즈를 충족하기에는 턱없이 부족했다. 특히나 믿을 수 있는 소재의 안전한 제품을 찾는 것은 좋아하는 아이돌 멤버 포토 카드 한 번에 뽑기만큼 어려웠다. 겨우 찾은 안전한 소재의 제품은 가격이 고약했다. 소재에 대해 잘 모르는 사람이라면 비싼 가격을 지불하고 안전한 제품을 사는 대신 안전성이 담보되지 않은 저렴한 제품을 구매하게 될 것이 분명했다. 섹스토이의 안전성 논의가 전무한 수준이라 어떤 소재가 안전한지 판매자들도 잘 몰랐고, 소재가 무엇인지 표기조차 제대로 되어 있지 않아 아예 관련 정보 자체를 찾아볼 수 없는 경우가 허다했다.

나는 당시 미국에 거주하고 있던 이점을 이용해 섹스토이의 소재와 안전성에 관한 정보에 더 쉽게 접근할 수 있었다. 유럽과 미주의 제조사들 및 도매업체들에 직접 연락해가며 단가를 조사하고 비용을 분석해봤다. 한국의 섹스토이 시장에 문제가 있다는 것을 바로 직감한 뒤 가장 먼저 든 생각은 이랬다.

이거… 그냥 내가 아마존에서 사다가 팔기만 해도 지금 한국 가격보다는 싸게 팔 수 있겠는데?

국내 판매가 3만~7만 원대면 프리미엄 제품은 아니더라도 충분히 안전하고 품질 좋고 생김새도 불쾌하지 않은 제품들을 국내에 들여와 판매할 수 있겠다고 판단했다. 그동안 한국에서 판매되던 동일 스펙 제품의 반값도 되지 않는 염가였으므로 승산이 있었다. 마침 인턴십을 마무리하고 귀국을 준비하고 있던 터라 한국에 돌아가서 사업을 시작하기에 더없이 완벽한 기회였다.

시장조사를 더 해보니 아마존에는 가품이 많아 믿을 수 있는 거래처에서 제품을 사입해야 한다는 결정을 내렸다. 돈도 경험도 없던 나는 무작정 캐나다의 BMS Factory, 네덜란드의 Shots 등 유명한 섹스토이 브랜드의 공식 계정으로 메일을 마구 보내기 시작했다.

한국에서 사업을 시작하려고 하는데, 똑같은 제품이 한국에서만 두세 배 가격에 팔리고 있다. 나는 이게 합리적이지 않다고 생각한다. 이제 막 시작하는 단계지만, 나는 합리적인 가격에 제품을 잘 유통할 자신이 있다. 제품 공급을 고려해달라.

읽씹이나 터무니없는 가격표로 거절당하기를 반복하던 끝에 마침내 다양한 제조사의 제품을 합리적인 가격에 취급하는 네덜란드의 한 도매처와 거래하게 되었다. 여러 제조사의 제품을 한 곳에서 구매할 수 있으니 당시의 초소규모 사업에 가장 적합한 선택지였다.

하지만 창업도 돈이 있어야 할 수 있는 것. 나는 여유자금이 100만 원도 없는 데다, 섹스토이 사업을 하겠다고 대출을 받을 수 있는 처지도 아니었다. 그래서 택한 방법이 바로 대리구매! 멤버로 속해 있던 소규모 페이스북 여성 커뮤니티에 나의 사업 계획을 소개하고, 공동 구매를 진행할 사람들을 모았다. 선주문으로 미리 돈을 받고, 그 돈으로 도매업체에서 제품을 구입한 다음 공동 구매 참여자들에게 배송해주기로 했다. 외국에 체류하고 있던 나를 믿고 돈을 미리 지불해준 20여 분 덕에 소중한 종잣돈 80만 원을 모아 유포리아의 감격스러운 첫 발주를 진행할 수 있었다.

원래는 귀국일에 맞춰 발주한 뒤 미국에서 제품을 수령해 귀국길에 가져가서 고객님들께 배송할 계획이었다. 하지만 비행기를 함께 타기에는 제품의 수량이 예상보다 많았다. 결국 몸은 비행기를 타고, 제품은 페덱스로 한국에서 받아보기로 한 채 귀국길에 올랐다. 그때는 몰랐다. 미리 받은 돈과 페덱스로 보낸 화물이 그렇게 많은 문제를 초래할 줄은….

2장

네덜란드에서 서울까지, 첫 수입 토이의 2개월 대장정

결론부터 말하자면, 2016년 8월 11일 네덜란드를 출발한 화물은 10월 15일에서야 최종 목적지에 도착했다. 네덜란드에서 인천공항까지는 단 나흘밖에 걸리지 않았지만 인천공항에서 최종 목적지인 고객님의 품까지 도착하는 데 두 달이나 걸린 셈이다.

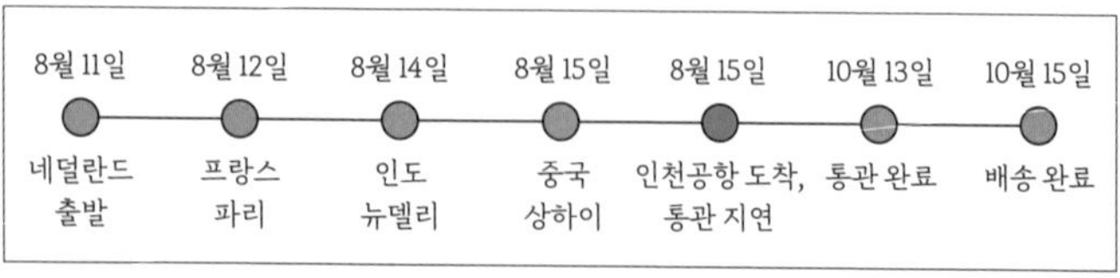

도대체 무슨 이유로 통관에 두 달이나 걸렸어요?

지금 설명해보려고 한다. 반려가전 직구 시 주의할 점! 유포리아의 실패 사례로 알아보자.

문제 1 세 개 이상의 섹스토이 수입은 사업자만 가능하다

화물이 나보다 빨리 입국하는 바람에 미국에서 열심히 새로고침을 누르며 배송 조회를 하던 그때, 한국에서 한 통의 국제전화가 걸려 왔다. 지역번호는 032.

안녕하세요, 페덱스 통관과입니다. 혹시 수입하시는 제품이 성인용품인가요?

순간 '엥? 무슨 물건을 샀는지 운송업체에 보고까지 해야 하나?' 하는 생각이 들었지만 통관과에서 물어보는 것이니 일단은 답변해야 했고, 대리구매를 하고 있는 상황을 설명했다. 곧 청천벽력과도 같은 소식을 들었다.

성인용품은 개인 자격으로는 두 개까지만 수입이 가능합니다. 두 개를 초과할 경우 사업자 등록을 하지 않으면 모든 제품을 폐기하거나 반송해야 합니다.

폐기라니! 반송이라니! 절대 그럴 수는 없었다. 제품을 반송하게 되면 첫 고객님을 실망시키는 것은 물론 네덜란드부터 한국까지 왕복 운송료의 상처만 남긴 채 사업을 접어야 한다. 폐기는 더 말할 것도 없다.

나는 귀국하자마자 부랴부랴 사업자 등록 신고를 했다. 8월 15일 인천에 도착한 화물이 이미 일주일이나 공항에 갇혀 있던 시점이었다. 사업자 등록을 마치고 페덱스에 사업자등록증을 보내고 나니 속이 후련해졌다. 곧 제품을 받아보리라 기대했다.

오산이었다.

문제 2 최초로 수입되는 성인용품은 관세청 심사를 통과해야 한다

사업자 등록은 마쳤지만 두 번째 산이 기다리고 있었다. 바로 성인용품 통관심사위원회. 성인용품 통관심사위원회란 수입 성생활용품들이 미풍양속을 해치지 않는지 세관에서 평가하는 제도로, 국내에 최초로 수입되는 성생활용품들은 한 달에 한 번씩 열리는 심사위원회에서 심사를 통과해야만 수입이 가능하다.

들여오는 제품 가운데 미풍양속을 해친다고 할 만큼 저속한 제품은 없었기 때문에 나는 크게 걱정하지 않고 심사위원회 접수를 준비했다. 그러던 중 들려온 충격적인 소식.

8월 심사위원회는 이미 마감됐고요, 9월에 접수하셔야 됩니다.

심사위원회는 매달 20일경에 접수를 마감해서 그다음 달 10일경에 심사를 마치는데, 8월 심사위원회 접수는 내가 사업자 등록을 마친 22일에 이미 끝난 상태라는 것이다. 그러므로 9월 20일까지 다시 기다려서 심사위원회 접수를 한 뒤 10월 10일은 되어야 통관이 완료되어 제품을 받아볼 수 있는 상황이었다.

또다시 청천벽력, 마른하늘에 날벼락이다. 입금을 받은 시점으로부터 이미 20일이나 지났는데 한 달 반을 더 기다려야 한다니…. 도대체 이 소식을 고객님들에게 어떻게 전한단 말인가? 나는 장문의 지연 안내 문자를 보내며 머리를 쥐어뜯었다.

환장의 한 달 반이 지나고, 10월 13일 드디어 통관이 완료되었다. 오매불망 화물이 도착하기만을 기다리던 나는 택배 상자를 받고서 또 한 번 당황할 수밖에 없었다.

문제 3 택배 상자에 제품명이 고스란히 노출되어 있었다

Gay Pride Dildo & Hands Free Vibrator

Lesbian Pride Dildo & G Slim Vibrator

딜...도.. 맞으시죠?
GAY Pride Dildo
Lesbian pride Dildo
G Slim Vibrator
Hands Free Vibrator

사실 섹스토이 사업을 시작하기로 마음먹은 입장에서 상자에 섹스토이 이름이 쓰여 있다고 문제가 될 것은 아니었다. 그래도 '섹스토이=비밀 배송' 원칙은 전 세계적으로 통용되는 글로벌 스탠더드 아니었던가? 택배 상자에 토이 이름이 고스란히 적혀 있는 것은 꽤 충격적이었다.

자초지종은 이랬다. 관세법상 수입 신고를 위해 한국으로 들어오는 모든 화물에는 품목과 수량이 정확하게 기재되어야 했던 것이다. 판매 국가 내에서는 완벽한 비밀 배송을 약속하는 업체라고 해도 적법한 해외 수출을 위해서는 어쩔 수 없는 처사였던 것.

나는 늦은 배송에 대한 깊은 사죄와 함께 제품을 비밀스럽고 정성스럽게 포장하여 보내드리며 유포리아의 첫 주문을 마감했다. 8월 11일에 시작한 유포리아의 첫 수입 대장정이 두 달 만에 드디어 마무리된 것이다.

가격이 저렴하니까, 국내에는 없는 제품들이 있으니까, 섹스토이를 해외에서 직구할 이유는 다양하다. 위에 설명한 문제점들을 포함해 각자만의 어려운 사정을 무릅쓰고 섹스토이 직구를 시도하는 용감한 분들을 위해 몇 가지 도움이 될 만한 정보를 남겨본다.

①직접적인 성행위 도구가 아닌 경우 성인용품으로 분류되지 않는다

BDSM 제품들은 성인용품으로 분류되지 않는 경우가 많다. 직접적으로 성기 혹은 항문에 사용하는 제품이 아닌 구속구(안대, 로프, 본디지 기어, 본디지 테이프 등)와 스팽킹 툴은 성인용품으로 분류되지 않고, 제품의 소재와 표면적인(?) 용도에 따른 별도의 카테고리로 분류된다.

②미풍양속을 해치는 제품이 아니라면 통관은 된다(어떻게든)

불운하게 심사위원회를 거치게 되더라도 우울해할 필요는 없다. 시간이 오래 걸리겠지만, 그래도 한국 사회의 미풍양속을 심각하게 해치는 제품이 아니라면 어떻게든 통관이 된다. 통관이 되지 않는 품목의 예를 들자면 전신 섹스돌 정도.

③관세사 사무소에 연락하는 것을 두려워하지 말자

관세사가 통관을 대행해주는 비용은 보통 5만 5,000원 정도다! 돈을 아끼려고 하는 직구에 5만 5,000원의 수수료를 내는 일이 다소 부담스러울 수 있지만 애써 구입한 제품을 판매처에 돌려보내야 할 경우 비싼 국제 배송비를 낭비하는 것은 물론, 환불도 장담하기 어려워진다. 구매 금액이 클수록 관세사의 도움을 받는 것이 좋다.

해외에는 여전히 국내에 수입되지 않은 다양한 제품들이 소비자의 소장 욕구를 자극하고 있다. 직구할 때 주의 사항을 꼼꼼히 체크하고 준비했다면 겁내지 말고 도전하길 바란다. 합리적 소비와 다양한 취향의 토이들 속에서 늘 행복하시길!

3장

베스트셀러 토이!
국내 최초 새티스파이어 공식 수입기

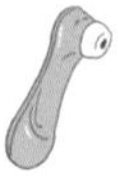

구매대행으로 들어온 제품 중 하나였던 새티스파이어 프로 2. 새티스파이어는 공기압을 이용해 클리토리스를 자극하는 섹스 토이로, 당시에는 혁신적인 기술의 제품이었다. 유포리아는 새티스파이어로 컸다고 해도 과언이 아니다. 자본금도 없이 월세 30만 원 하숙방 서랍장에서 시작한 보따리상(?)이 2년 만에 해외 25개 브랜드의 국내 총판이 되기까지, 새티스파이어가 없었다면 불가능한 일이었다. 번듯한 매장도, 홈페이지도 제대로 갖추지 못했던 방구석 쇼핑몰 유포리아가 어떻게 새티스파이어의 한국 유통 파트너사가 되었는지 궁금하다면?

계란으로 바위 치는 이야기, 유포리아의 새티스파이어 수입기!

2016년 가을, 내가 섹스토이 사업을 시작했다는 사실을 페이스북 친구들만 알음알음 알고 있던 때였다. 거래 중이던 외국의 도매 회사에 혜성같이 신상품이 등장했으니, 이름하여 새티스파이어 프로 2.

번쩍번쩍한 구리색 몸체와 검정 패키지, 예쁘다고 하기에는 조금 무리였지만 '에어 석션 테크놀로지'라는 신기술은 소장 욕구를 불러일으킬 만큼 충분히 매력적이었다. 게다가 이미 유명세를 타고 있던 우머나이저의 반값도 안 되는 가격에 비슷한 제

품을 구매할 수 있다니. 우머나이저는 세계 최초로 출시된 공기압 자극 방식의 섹스토이로, 기존 진동형 섹스토이에 비해 강력하고 빠른 오르가슴을 선사한다는 큰 장점이 있었지만 가격대가 20만 원을 훌쩍 넘어 쉽게 접근할 수 없는 제품이었다. 우머나이저와 기능은 같으면서 가격은 반값도 되지 않는 새티스파이어에 지갑을 열지 않을 이유가 없었다. 마침 페이스북 지인 가운데 한 명이 새티스파이어의 구매 의사를 밝혔다. 내 거 하나, 고객님 거 하나. 부랴부랴 새티스파이어를 발주했다.

새티스파이어를 받아본 지인 고객님이 곧장 사용해보고는 그 특허 받은 신기술에 감동의 유레카를 외치고야 말았다. 어디에? 그분의 네이버 블로그에. 네이버 검색창에 '새티스파이어'를 치면, 첫 페이지 맨 위에 떡하니 지인 고객님의 블로그가 노출되었다.

당시는 마침 우머나이저의 유명세에 힘입어 새티스파이어라는 외국 문물에 대한 관심이 덩달아 높아지던 시기였다. 하지만 국내에 새티스파이어를 수입하는 회사는 없었고, 섹스토이 해외 직구에 대한 두려움과 온갖 실패 사례만이 인터넷에 난무하고 있었다. 글을 올린 지 며칠 되지 않아 고객님의 블로그에 구매처를 묻는 수십 통의 쪽지가 쏟아졌다.

수요가 있는 곳에 공급도 있는 법. 노 젓는 뱃사공의 심정으로 열심히 물건을 사다 날랐다. 구매대행 방식이므로 선입금 후 배송까지 2~3주 정도 시간이 걸릴 수 있다는 안내에도 열정 가득 고객님들은 일말의 망설임조차 없었다.

그렇게 몇 번 판매하다 보니 입소문을 타고 더 많은 고객님들이 모여들었다. 자금도 어느 정도 쌓여 선입금을 받지 않아도 미리 제품을 구매해서 판매할 여유가 생겼다. 돈이 모이는 대로 계속 새티스파이어를 사들였다. 그래도 늘 재고가 부족했다. 입고 1초 만에 품절되는 일이 예사였다. '새티 피켓팅(피 튀는 티켓팅)'이라는 말도 돌았다.

창업 후 한동안은 유일한 거래처였던 네덜란드 도매처에서 제품을 들여왔다. 시간이 흘러 수요가 계속 늘고 사업의 규모가 커져가자 자신감이 생겼다. '이 정도 판매량이면 유럽에 있는 도매처를 거치지 않고 공장에서 바로 들여오는 것도 가능하지 않을까?' 원가 경쟁력도 확보하고 유럽에서 한국으로 오는 항공 특송비도 아낄 수 있을 것이라는 판단에 용기 내서 제조사 공식 홈페이지에 적힌 이메일 주소로 메일을 보냈다.

똑똑… 계세요?

답신을 기다렸다. 세일즈 팀에 포워딩 하겠다는 이메일은 공중으로 증발했다. 다시 한번 보냈다. 또 기다렸다. 드디어 세일즈 팀에 연결되었다. 설레는 마음으로 열심히 자기소개를 했다.

이메일은 오가는데, 알맹이는 없이 왔다 갔다 하고 겉돌기만 했다. 이렇다 할 결론은 나지 않은 채 시간만 흘렀다. 몇 달간 이메일을 주고받았지만 단가표나 구매 조건에 대한 논의는 시작조차 되지 않았다. 만나자는 이야기도 없었다. 시간이 하염없이 흐르는 동안 병행수입으로 국내에 새티스파이어를 들여오는 다른 회사들이 생기기 시작했다. 불안해졌다. 분명 그 회사들도 새티스파이어를 공급받으려고 제조사에 연락을 했거나 하게 될 것이 틀림없었다.

오가는 이메일 속에 느낌으로 알 수 있었다. 우리 회사에 대한 확신이 없다는 것을. 사실은 나조차 확신이 없었다. 유포리아는 직원 한 명 없는 일인회사였다. 발주도 통관도 CS도 나 혼자, 포장도 하숙방 한구석에서 나 혼자 하고 있었다. 자료 조사, 내용 정리, PPT 발표 모두 내 이름만 적힌 끔찍한 조별 과제를 하는 기분이었다. 제대로 된 회사 소개서도, 쇼핑몰도 없었다. 그럴싸한 매장은 물론, 사무실도 없었다. 개업한 지 반년도 되지 않아 증명할 수 있는 매출도, 자본도 없었다.

이런 처지에 무작정 제품을 공급해달라고 이메일을 보내는 나도 민망하고 부끄러웠다. 새티스파이어는 이미 대기업이었다. 돈만 준다고 해서 이메일 하나만 읽고 아무것도 증명할 수 없는 회사에 소중한 브랜드와 제품의 유통을 맡길 리가….

그러던 중 이메일이 왔다.

4월에 상하이 산업박람회에서 만날래?

그럼요! 당연하죠! 네네치킨! 곧장 달려가고말고요! 그 자리에서 중국행 비행기 티켓을 발권했다. 비자도 신청했다. 돈이 부족해 만나기로 한 호텔에서 도보로 10분 정도 떨어진 저렴한 지역 호텔을 예약했다. 그래도 설렜다.

출장 일정이 하루하루 다가왔다. 상하이에 도착하면 만난 자리에서 무조건 담당자를 설득해야 했다. 준비 없이 그냥 갈 수는 없었다. 왜 유포리아와 거래해야 하는지 정리해 구매 제안 PPT 파일에 하나씩 적었다. 피, 땀, 눈물 그리고 영혼을 갈아 넣어 PPT를 만들었다. 어느새 출국일이 되었다.

상하이에서의 첫 미팅

상하이에 도착해 처음으로 가본 산업박람회는 말 그대로 처참했다. 토막 난 시체처럼 신체가 여기저기 잘린 모양의 오나홀이 즐비했다. 어린아이를 묘사한 전신 섹스돌, 잘린 발과 손 모양의 오나홀, 교복 입은 섹스돌…. 도저히 표정 관리를 할 수 없을 만큼 끔찍한 광경이었다. 괜찮은 제품도 많았지만, 비윤리적인 섹스돌들에 비위가 상해 더 둘러볼 정신이 남아나지 않았다.

박람회장을 빠져나와 메일을 주고받았던 담당자를 만났다. 알고 보니 새티스파이어의 부사장이었다! 그는 중성적인 내 이름 때문에 남자가 나올 것으로 예상했는지 나를 보고 자못 놀란 눈치였다. 나는 노트북을 꺼내 준비해온 PPT를 띄워놓고 부사장을 설득하기 시작했다.

- 한국에 처음으로 새티스파이어를 소개한 유포리아의 순발력과 안목
- 광고 하나 없이 입소문만으로 올린 압도적 판매량
- 당시 한국에서 새티스파이어를 판매하는 업체 중 유포리아만이 유일하게 KC 인증을 받은 적법성과 신뢰성
- 한국의 기성 도매업체들과 거래하면 높은 유통마진 때문에 합리적 가격이라는 새티스파이어의 특장점을 잃을 수밖에 없는 전망
- 한국의 성생활용품 산업이 빠른 속도로 커지고 있는 성장세
- 섹스토이 시장의 소비 주체가 여성으로 옮겨가고 있는 경향
- 그래서 높은 유통마진으로 소비자가를 높이고, 여성을 대상화하는 제품과 이미지를 취급하고, 미인증 불법 제품을 판매하여 브랜드이미지를

손상시킬 기성 업체가 아니라…

·유포리아와 거래해야 한다는 결론!

기성 업체와의 차별점을 정면으로 부각하며 유포리아와 거래하라는 제안은 당돌한 도전이었다. 특히 남성 중심적 업계 질서에서 탈피해야 한다는 주장은 도박이었다. 그동안 시장이 그렇게 돌아간 것에는 분명히 이유가 있었다. 그 방법이 편하기 때문에, 그렇게 하면 안정적인 판매량이 나오기 때문에 등등 이유야 많다. 내가 옳다고 생각하는 게 누구에게나 정답일 수는 없다. 새티스파이어가 기존 방식대로 운영하고자 한다면 내 말은 씨알도 먹히지 않을 것이 틀림없었다.

미팅은 대성공이었다

상하이로 떠난 첫 출장에서 유포리아는 새티스파이어와 수입계약을 체결하게 되었다. 알고 보니 새티스파이어의 모회사는 사업 초창기 성생활용품 시장의 기존 질서에 맞부딪치며 여러 경쟁 업체의 견제를 받았지만, 합리적 가격과 우수한 품질로 결국 큰 성공을 거둔 경험이 있었다. 그런 만큼 새티스파이어의 모회사와 그 산하의 모든 브랜드는 합리적 가격으로 우수한 품

축
계약 체결
유포리아 ♥ 새티스파이어
축

질의 제품을 제공하는 데에 기업 가치를 두고 있었던 것이다. 새티스파이어의 과거를 보는 듯한 유포리아의 모습에 부사장은 유포리아가 성공할 것을 확신한다면서 국내 최초로 공식적인 제품 유통을 약속했다.

이렇게 유포리아는 새티스파이어의 첫 한국 유통 파트너사가 되었다. 나중에 들은 이야기지만, 그때까지 있는지도 모를 정도로 존재감 없던 유포리아가 갑자기 대형 브랜드의 유통 파트너로 등장하자 업계에서는 내가 새티스파이어의 간부와 개인적인 친분이 있다는 소문이 돌았다고 한다. 그만큼 뜻밖의 행운이었다.

유포리아는 새티스파이어 프로 2만을 단일 품목으로 판매하며 쇼핑몰의 문을 열었다. 새티스파이어 판매로 돈을 모아 다른 토이들도 쫌쫌따리 들여올 수 있었고, 그 제품들도 잇따라 호평을 받으면서 유포리아는 새티스파이어 보따리상에서 어엿한 반려가전 쇼핑몰로 성장할 수 있었다. 새티스파이어가 없었다면 지금의 유포리아도 없었을 것이다.

새티스파이어의 독주는 유포리아의 판매 상품이 200종이 넘어가는 지금까지도 계속되고 있다. 베스트셀러 9종 중 6종이 새티스파이어 브랜드의 제품이다. 새티스파이어의 입문 모델인 새티스파이어 1의 경우 9,000여 개의 유포리아 전체 후기 가운데 무려 800개 이상을 차지할 만큼 고객님들의 애정 어린 간증이 이어지고 있다. 새티스파이어를 향한 고객님들의 열화와 같은 성원과 국내 최초 새티스파이어 공식 수입사라는 명성에 부끄럽지 않도록, 오늘도 유포리아는 합리적인 가격에 건강한 즐거움을 선사하는 보석 같은 반려가전을 찾아 토이의 바다를 헤엄친다. 진주를 찾으려면 잠수를 해야만 한다지 않던가!

4장

방구석 유포리아 성장기: 짠 내 나는 보금자리 변천사

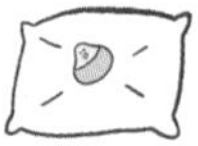

'유포리아(Euphoria)'라는 이름은 좋아하던 아이스크림 가게에서 발견한 영단어로, '황홀할 만큼 극한의 행복감'을 뜻한다. 좋아하는 아이스크림의 첫 스푼을 떠먹는 행복감처럼 반려가전이 주는 오르가슴의 황홀함을 선물하고 싶다는 마음으로 회사명을 유포리아라고 지었다.

그런데 본의 아니게도 아이스크림 첫 스푼의 소소함만큼이나 유포리아의 첫 보금자리도 몹시 소소했으니….

셋방 가득 섹스토이

유포리아는 모교 앞 월세 30만 원짜리 작은 하숙집에 첫 둥지를 틀었다. 엄마에게 들키지 않기 위해 통학이 불편하다는 핑계를 대고 본가에서 나와 방을 구한 것이다. 당시 미국에서 막 돌아와 4학년 1학기로 복학해 공부에 집중해야 하는 시기였으므로 통학 시간을 최대한 줄여야 한다는 핑계가 그럭저럭 먹혀들었다.

부족한 예산으로 우여곡절 끝에 구한 방은 고시원과 유사한 구조의 1평 남짓한 아주 작은 방이었다. 싱글 사이즈 침대가 하나 있고 그 위로 책상이 겹쳐 올라가서 발을 뻗고 누우면 내 발 위를 책상이 덮는 구조였다. 그 밖에는 작은 옷장 하나와 책장이 있었다. 책장이 우연히도 제품 사이즈와 딱 맞는 덕분에 포장한 제품을 책장 안에 40여 개나 보관할 수 있었다. 좁은 방이었지만 책상에서 제품을 포장하고 책장에 제품을 보관하면 그냥저냥 나쁘지 않았다.

소규모 사업이었지만 사업과 학업을 병행하기가 쉽지는 않았다. 배송일자를 맞추기 위해 밤새 포장하다 늦잠을 자서 학교에 지각하는 날이 태반이었다. 남들은 학점 관리와 취업 준비로 바쁘다는 4학년 1학기를 나는 F학점을 면하기 위해 출석률만 간신히 채우며 다녔다. 수업을 듣다가도 급한 업무 전화에 강의실을 뛰쳐나가 다시 돌아가지 못하기를 여러 번, 결국 4학년 1학기는 Straight C라는 질서 정연한 성적으로 마감했다.

sati
sati
sati
sati
19

하숙집의 방은 아주 작았지만 좋은 점도 많았다. 학교와 걸어서 10분 거리인 덕분에 늦잠을 자도 양치만 하고 학교로 달려갈 수 있었고, 공강 때마다 돌아와 낮잠을 잘 수도 있었다. 가격에 비하면 여러모로 괜찮은 보금자리였지만, 점점 커져가는 사업 규모와 늘어나는 주문량을 감당할 수 없어 4학년 1학기를 마치고 이사를 결정했다.

엄마, 바이브레이터 포장 좀 도와줄래요?

1평짜리 하숙집을 정리하고 이사하기로 결정한 곳은 다름 아닌 본가였다. 한정된 예산으로 넉넉한 보관 장소와 부족한 일손을 빌릴 수 있는 데는 본가가 유일했다. 단 하나 문제가 있다면, 본가로 돌아가 사업을 계속하기 위해선 엄마에게 사업의 정체를 밝혀야 했다는 점이다. 엄마는 내가 '화장품 수입 사업'을 하는 줄 알고 계셨으니까.

마침 고백 타이밍을 살피던 참이었다. 엄마에게 사업을 평생 비밀로 할 수는 없었다. 내가 일반 회사에 취업했을 때의 기대 소득만큼 사업으로 벌 수 있다면 엄마도 마냥 반대하기는 어려울 것이라고, 고백 각을 재고 있었다.

신입 직장인의 월급만큼 벌게 되어 마침내 고백을 결심했던 때는 이미 불어날 대로 불어난 거짓말을 더는 감당할 수 없을 시점이었다. 이모, 이모부, 외삼촌과 숙모를 포함한 일가친척은 물론, 엄마의 동창, 직장 동료, 친구 들까지 모두 내가 수입 화장품 장사를 하는 줄 알고 있었다.

엄마는 사실 내가 사업에 관해 제대로 말해주지 않는 것에 서운함을 느끼고 있었다. 사업으로 번 돈을 엄마가 탐낼까 봐 꽁꽁 숨긴다고 생각했던 것이다. 일손이 부족해 친구네 집에서 친구들과 함께 제품을 포장한 적이 있었는데, 숙련된 포장 기술자인 엄마를 제쳐두고 친구들에게 부탁했다는 사실에 배신감도 느꼈다고 한다. 내가 화장품 장사를 한다는 소식에 엄마 친구들이 화장품 샘플을 부탁하기도 했는데, 그때마다 내게 샘플 하나 받아보지 못한 엄마는 친구들에게 애매한 변명을 늘어놓아야 했다.

엄마… 사실은 나… 화장품이 아니라 성생활용품을 팔고 있어.

덜덜 떠는 손과 질끈 감은 눈이 무색하게, 의외로 엄마는 그다지 부정적이지 않았다. 화장품을 판다면서 샘플 하나 주지도 않고 사업에 관해 일언반구도 없으니 서운하고 속상했는데, 이제야 이해가 된다면서 오히려 안도하는 모습이었다. "불법적인 일을 하는 것도 아닌데 부끄러울 것이 뭐가 있냐"고 반문하며 "돈 되면 못할 일이 없다"라는 냉철한 자본주의자적 면모를 보여주기까지 했다. 월급 130만 원으로 대학생 오빠와 중학생 나를 혼자 키워낸 엄마가 할 법한 말이었다.

그렇다고 엄마가 전적으로 환영하기만 한 것은 아니었다. 처음에는 이런 걸 쓰는 사람이 얼마나 있냐며, 애인 없는 외로운 사람들이나 쓰는 제품 아니냐며 온갖 구시대적 발언을 늘어놓았다. 하지만 타인에게 의존하지 않는 쾌락과 나만의 즐거움을 위한 시간을 갖는 일이 얼마나 중요한지 성토하는 나의 열정적인 반론에 백기를 들고, '이기적인 남자'들을 욕하면서 여자도 즐길 수 있어야 한다며 내게 동조하기 시작했다. 심지어 딸내미가 열심히 일하는데 엄마가 가만있을 수 없다며 열성적으로 포장을 도와주기까지 했다.

넉넉한 공간과 엄마의 지지로 날개를 달게 된 유포리아! 이전보다 더 많은 수량의 재고를 확보해 판매하고, 엄마의 도움을 받아 더 빠른 배송이 가능하게 되었다.

하지만 아파트에도 한계가 있기 마련. 기존 살림살이에 제품까지 더해지니 집은 점점 창고로 변해갔다. 언제까지 엄마의 재능 기부에 기댈 수도 없는 노릇이었다. 규모가 커져갈수록 함께할 직원이 필요했다. 4학년 2학기를 마치고 졸업을 앞뒀을 때,

나는 유포리아의 독립을 결정했다.

여성들만의 반려가전 회사, 드디어 독립!

유포리아는 이사를 꽤 많이 다닌 편이다. 유통업의 특성상 사업이 성장함에 따라 필요한 공간도 늘어나는지라 어쩔 수 없었다. 게다가 '성인용품' 쇼핑몰이 건물주 입장에서는 달가운 업종이 아니기에 이사를 다닐 때마다 크고 작은 에피소드가 따라다니곤 했다.

동대문구 공유 오피스

드디어 가정집에서 벗어나 사무실을 꾸리기로 한 유포리아! 서울시 동대문구의 작은 2인실 공유 오피스에 안착했다. 그런데 독립의 첫걸음마부터 예상치 못한 난관이 기다리고 있었으니… 당시 공유 오피스는 자체 규정에 따라 성생활용품 업체의 입주를 제한하고 있었는데, 이 사실을 생판 몰랐던 나는 입주 상담 때 업종을 묻는 오피스 매니저에게 "성생활용품을 판매합니다!"라고 당당히 말했다. 난 전혀 부끄러울 것 없는 떳떳한 사업가니까! 전월세를 통틀어 인생 최초의 부동산 계약이었기에 '업종'으로 계약이 무산될 수도 있음은 상상도 못했다. 매니저는 오피스 자체 규정에서 성생활용품 업체의 입주를 제한하긴 했지만, 넓게 보면 그저 '쇼핑몰'이니(거짓말은 아니다!) 문제 되지는 않을 것이라며 계약을 권유했다. 덕분에 계약은 무사히 마쳤으나 업종 때문에 입주가 안 될 수도 있다는 사실은 커다란 충격이었다.

공유 오피스는 입주사들이 발송하는 모든 상품의 수량을 합쳐 단가를 내기 때문에 단독으로 계약할 때보다 훨씬 저렴한 가격에 택배를 보낼 수 있다는 이점이 있었다. 하지만 물류 업무가 많은 유포리아로서는 면적에 비해 임대료가 비싸고, 창고가 따로 없어 물품을 대량으로 보관하지 못하는 게 큰 단점이었다. 사무실 구석구석을 채운 짐들에 질식할 무렵, 같은 월세에 훨씬 넓은 단독 사무실로 이사를 결정했다.

광나루 단독 사무실 + 가산 물류 창고

이사를 결정하고 알아보는 동안에도 사업은 무럭무럭 성장해 별도의 창고 공간을 마련하지 않으면 안 될 상황이었다. 단독 사무실에 창고를 꾸리는 것도 불가능한 일은 아니었지만, 원하는 지역에 제품을 모두 보관하고 포장할 공간을 구하려면 수백만 원의 월세를 지불해야 했다.

그래서 내린 결정은 광진구에 단독 사무실을 얻고, 상대적으로 월세가 저렴한 가산 지역에 별도의 창고 공간을 구해 물류 담당자를 파견하는 것이었다. 나 혼자 방구석에서 시작했던 유포리아는 어느새 디자이너와 물류 담당자까지 네 명이 되었다.

저번 사무실에서 건물 임대인이 성생활용품 업종을 꺼리거나 계약을 거절할 수도 있다는 교훈을 얻은 터라 단독 사무실과 창고를 얻는 데에 고민이 많았다. 궁리 끝에 부동산 중개인이 물어보면 업종을 솔직히 밝히고, 문제가 되지 않을 만한 매물을 요청하기로 했다. 중개인분들은 무척 협조적이셨는데, 사업자 등록증에 '전자상거래'라고 업종이 적혀 있으니 '쇼핑몰'이라고 하되(역시 거짓말은 아니다!) 임대인이 개인이 아닌 기업이나 재단이어서 임차인에게 크게 관심 가지지 않는 매물을 찾아주었다. 감사하게도 임대인들은 유포리아의 정체(?)를 그다지 궁금해하지 않았고, 별 탈 없이 부동산 계약을 마칠 수 있었다.

그런데 난감한 상황은 사무실 계약 이후에 벌어졌다. 사무실 안의 창고를 임대인 측 회사에서 계속 쓰는 대신 임대료를 대폭 깎아주겠다는 제안을 받아들인 것이 독이 되었다. 사실 우리 창고는 가산에 따로 있어서 광나루 사무실의 창고를 임대인이 계속 사용한다 해도 문제 될 것이 없으리라 생각했는데, 막상 입주하고 나니 그렇지 않았다. 건물 관리인이 창고 환기를 위해 수시로 우리 사무실을 방문했다! 업무 중에 누군가 방문하는 것도 신경 쓰였지만, 무엇보다 사무실 내부에 뻔쩍뻔쩍 화려하게 전시해놓은 반려가전 장식장의 존재가 괜스레 눈치 보였다. 결국 눈물을 머금고 블라인드로 휘황찬란 반려가전 장식장을 가려야만 했다.

물류 창고와 사무실을 따로 얻은 결정은 결과적으로 그렇게 성공은 아니었다. 건물 관리인의 주기적인 방문도 곤란했지만, 결정적인 문제는 사무실과 물류 창고가 따로 있어 물류 담당자와 소통하는 데 애먹었다는 점이다. 게다가 품질관리가 제대로 되지 않는 등 여러 문제가 발생해 결국은 창고와 사무실을 합치기로 결정했다.

안양천 View 가산 통합 사무실

직녀와 견우처럼 서울의 끝과 끝인 광나루와 가산을 오가며 업무를 지속하다 한계를 맞이했고, 마침내 사무실도 가산으로 옮겨 물류와 사무를 일원화했다. 물품을 보관하고 포장할 공간에 사무 공간까지 필요해서 사무실의 규모를 많이 키워야 했지만 투자할 가치가 있는 이사였다.

40평대 공간에 탁 트인 안양천이 내려다보이는 탕비실과 휴게실을 따로 둘 수 있었고, 충분한 사무 공간과 창고 공간을 갖추었다…고 생각했으나 경기도 오산이었다. 넉넉하다 여겼던 창고 공간은 몇 달 되지 않아 턱없이 비좁아져 섹스토이들이 휴게실과 탕비실을 가득 채우고 로비까지 점령하고 말았다!

게다가 사무실을 드나드는 주변인들도 문제였다. 처음엔 친절했던 택배 기사가 점점 선을 넘기 시작하더니 물류 담당자에게 사적인 질문을 하는가 하면 심지어 물 심부름까지 시키곤 했다. 건물 관리인들은 중국에 화장품을 수출하는 건물 내 다른 업체 직원들을 두고 "중국놈들"이라며 함부로 말했다. 안 그래도 건물 관리인들이 우리에게 무얼 파느냐고 물어보곤 했는데, 그들이 우리 업종을 알게 되면 뒤에서 어떤 말을 할지 안 봐도 유튜브였다. 반려가전을 파는 내 직업이 조금도 부끄럽지 않았지만, 유포리아의 구성원이 부당한 대우를 받을 때면 혹시 우리 업종 때문에 무례한 일을 괜히 더 경험하는 건 아닌지 되돌아볼 수밖에 없었다.

반짝반짝 통유리 사무실

그래서 이사 온 지금의 사무실! 70평대의 규모에 두 면이 통유리로 되어 있으니 더울 땐 덥고 추울 땐 추워 실용성은 1도 없지만 멋짐 폭발만큼은 놓치지 않았다. 사무실 면적에 비해 인원이 적어 유포리아의 모든 구성원이 창가 자리에서 일한다. 양옆으로 지식산업센터를 지어 올리고 있어 어딜 보든 미래 지향적

인더스트리얼 공사장 뷰를 즐길 수 있다. 풍부한 광합성에 따른 비타민D 공급도 덤! 선캐처를 걸어놓기도 하고, 장식품을 놓아두기도 하며 우리 모두 창가 자리의 특권을 행복하게 만끽하고 있다. 창가에서 턱을 괴고 앉아 있자면, 당장 와인이라도 한잔 해야 할 듯한 분위기다.

처음 이사 왔을 때는 거의 두 배나 넓어진 사무실에, 신제품을 아무리 들여도 자리가 팽팽 남아돌겠구나 풍악을 울렸지만 역시 인간의 욕심은 끝이 없고 똑같은 실수를 반복하지…. 여전히 우리는 상자 더미 사이사이를 쏙쏙 통과해 다니며 점차 액체 고양이로 진화하고 있다.

1평 하숙집에서 70평 사무실까지, 장장 4년 반에 걸친 보금자리 변천사가 유포리아의 성장세를 증명해준다고 믿는다. 앞으로도 고객님 만날 채비를 단정히 마친 반려가전 친구들 그리고 유포리아의 소중한 구성원들과 아늑하고 쾌적한 보금자리에서 함께할 수 있기를 간절히 소망한다.

5장

반려가전 친구가 고객님 손에 쥐여지기까지

하나의 반려가전이 고객님의 침대에 오르기까지는 생각보다 많은 손길을 필요로 한다. 한 접시의 파김치가 식탁에 오르기까지 고단한 농사와 유통, 요리의 과정을 거쳐야 하듯, 공산품인 반려가전도 의외로 여러 단계를 거쳐 고객님과 상봉하게 된다.

그 과정은 크게 선택하기 → 데려오기 → 자랑하기 → 내보내기의 단계로 정리해볼 수 있다.

선택하기

우선 신제품을 들여오기 위해 신제품 후보들을 추린다. 기존 거래처의 신제품 혹은 고객님이 건의한 상품, 외국에서 좋은 평가를 받았지만 아직 우리나라에 들어오지 않은 상품 등 유포리아의 레이더망에 걸린 괜찮아 보이는 상품들이 신제품 후보에 오른다. 그렇다고 그들이 모두 후보가 될 수 있는 것은 아니다. 기존 판매 상품과 유사하지만 가격이나 성능 면에서 장점이 없는 경우, 제품은 좋아 보이나 다소 마이너한 취향이라 수요층이 넓지 않을 것으로 예상되는 경우에는 아쉽게도 유포리아의 신제품 후보가 될 수 없다.

물론 "이 중 하나쯤은 네 취향이 있겠지!"라고 자신 있게 외칠 만큼 제품의 구색을 다채롭게 갖추고 싶은 욕심도 있지만, 내가 좋아하는 제품이라고 다 들여왔다간 패가망신을 면치 못한다는 교훈을 여러 차례 배웠다. 영국의 딜도 장인이 방망이 깎는 노인의 마음으로 한 땀 한 땀 손수 만든 수제 글리터 딜도는 들여온 수량이 100개가 채 되지 않음에도 2년 넘게 창고에서 잠자다가 원가 미만으로 떨이 판매를 해야 했다.

온도에 따라 크기나 형태, 각도를 마음대로 바꿀 수 있는 DIY 딜도도 있었다. 가격도 비싸고 마이너한 취향일 것도 분명했지만 한눈에 반해버려 꼭 유포리아에서 처음으로 소개하고 싶었다. 그리 많은 수량을 들여온 것도 아니었으나 결과는 대폭망. 재치 있는 상세 페이지와 제품 소개 웹툰까지 그려가며 판매에 최선을 다했으나, 창업 초기에 들여온 물량을 3년이 넘도록 다

Euphoria

팔지 못해 결국 크리스마스 랜덤박스에 넣어야 했다.

기존 제품과 겹치지 않으면서도 수요층이 충분하고 가격이나 성능 면에서 경쟁력 있는 제품을 발굴하고 나면 다음은 실사용 테스트 단계다. 예전에는 모든 제품을 대표인 내가 테스트해 본 뒤 제품 출시 여부를 결정했으나, 이젠 유포리아가 취급하는 제품의 종류가 너무 많아져버렸다. 풀타임 반려가전 테스터가 되기에는 대표라는 직책이 꽤나 바빴으며, 믿을 수 없겠지만 나에게도 자위를 하고 싶지 않은 날들(!)이 있다. 그래서 요즘은 유포리아의 구성원들이 함께 제품을 테스트하고 있으며 나 혼자 테스트했을 때보다 다양한 의견을 들을 수 있어 테스트의 신뢰도가 높아졌다. 실사용 테스트에서는 사용하기 전까진 알 수 없는 정보 위주로 제품을 평가한다. 소재의 경도, 소음의 크기, 진동의 세기, 실사용 했을 때의 느낌이 평가 대상이다. 실사용 시의 느낌은 사용자에 따라 달라질 수 있으므로 되도록 의견을 종합적으로 수렴하여 평가한다.

까다롭게 제품을 선정했다고 해서 끝난 게 아니다. 제품의 색상이 여러 가지인 경우 선택이 조금 더 힘들어지는데, 색상이 늘어난다는 것은 그만큼 재고관리가 어려워진다는 의미이므로 일부 색상은 출시 대상에서 제외되기도 한다. 전 세계적으로 가장 인기가 많은 색상은 쨍한 분홍과 보라지만, 유포리아의 심미안으로는 도저히 이해할 수 없는 트렌드이기에 쨍한 분홍과 보라는 가급적 제외하며 검정이나 파스텔톤, 촌스럽지 않은 원색 위주로 색상을 고르고 있다.(쨍한 분홍과 보라… 정말 원하시나요?)

한편 무척 탐나는 제품임에도 들여올 수 없는 카테고리가 있는데, 무선 리모컨으로 컨트롤하는 제품이다. 안전 인증 절차가 복잡하고 비용이 많이 들기에 반려가전 시장의 한 줌 규모로는 이득을 내기 어렵다. 정말 아쉽지만 제조사에서 안전 인증을 대신해주지 않는 이상 무선 리모컨 제품은 취급하기가 힘들다.

데려오기

깐깐한 선택의 단계를 지나면 본격적인 제품 수입 과정이 시작된다. 크게 발주 및 물류, 통관 정도로 나눌 수 있다. 공장과 직접 거래하는 유포리아는 최소 주문 수량이 많고 제품 준비 기간이 긴 편이다. 예상 판매량과 제품 준비 기간, 수량별 단가를 고려해 발주 물량을 결정한다. 공장마다 생산 기간이 다르지만 짧으면 2주, 길게는 3개월 이상 걸리기도 한다. 공장으로부터 제품이 다 준비되어간다는 연락을 받으면 이제는 물류의 영역!

수입 물류는 국내 물류에 비해 절차가 까다롭고 비용이 높다. 수입 조건에 따라 절차와 비용이 달라지는데 수출자의 창고에서 수입자의 창고까지 들여오는 비용과 절차, 책임을 수입자가 모두 부담하는 EXW(공장인도조건 거래)의 경우 절차가 가장 까다롭고 비용도 가장 높다. 수출자의 창고에서 항만까지의 로컬 운송 비용, 항구 핸들링 비용, 터미널 취급료, 수출 통관 비용, 해상(혹은 항공) 운임을 수입자가 모두 부담해야 함은 물론, 국내에 입항한 뒤에도 비슷한 명목의 비용이 발생하며, 수입 창고료, 관부가세, 수입 통관 수수료, 내륙 운송비 등 다양한 비용이 추가된다. 물론 이 모든 일을 내가 하는 것은 아니다. 복잡한 수입 물류를 혼자 진행하기에는 내 역량과 자원이 부족하여 운송대행사인 포워더의 도움을 받아 수입을 진행한다. 포워더를 통해 수입할 경우 제품의 종류·수량·무게·부피를 기록한 포장명세서와 제품에 맞는 운송 안전 서류만 준비하면 물류에 관한 모든 일을 대행해준다. 물론 비용도 높아진다.

포워더에 연락해 운송 일정을 정하고 나면 이제는 통관의 영역! 통관에서는 수입품이 '미풍양속'을 해치는지 여부를 판단한다. 수입하는 제품의 사진과 용도를 설명하는 엑셀 자료를 준비하면, 세관의 성인용품 통관심사위원회가 이를 바탕으로 제품의 '음란성'을 평가해 미풍양속을 해치는 제품인지 따져보고 통관 허가 여부를 결정한다. 유포리아의 제품들 중 미풍양속을 해치는 제품은 없으므로 조금 번거롭기는 해도 무사 통과!

자랑하기

다음은 힘들게 들여온 제품들을 고객님들께 소개하는 단계! 콘텐츠 팀의 역량이 폭발하는 순간이다. 반려가전 업계의 특성상 유료 광고 같은 공격적인 마케팅을 할 수 없기 때문에 빛나는 창의력과 신선한 드립력을 발휘하여 재기 넘치게 상품을 소개해야 한다.

말랑말랑한 제품의 촉감을 사실적으로 전달하기 위해 '움짤'을 만들기도 하고, 딱딱한 상세 페이지로는 다 그려내기 어려운 장점들을 친근하게 표현하고자 웹툰 형식의 이미지를 제작하기도 한다. 고객님들의 주옥 같은 후기를 모아 상품과 함께 소개할 때도 있는데, 써본 사람만이 알 수 있는 생생한 제품 사용 후기를 담아내어 고객님들의 반응이 좋은 편이다.

내보내기

마지막으로 제품을 고객님께 전하는 배송 단계! 엄격한 비밀 배송이 중요하므로 매우 신중히 주의를 기울이는 과정이다. 유포리아 이용 안내 책자와 주문 금액에 맞는 사은품 그리고 주문 제품을 꼼꼼하게 확인하고 완충 포장 한 다음, 불투명 폴리백으로 한 번 더 프라이버시 포장을 한 뒤 박스에 담아 보낸다.

택배 송장의 제품명은 '기타'로 통일하며 회사명은 아주 흔해서 검색이 어려운 가짜 이름 '지니샵'으로 적어 보내고 있다. 원하는 상품명이 있을 경우 상품명을 커스터마이징 해주기도 한다. 상품명을 모 연예인의 포토 카드로 바꿔달라는 분이 있었는데, 완벽한 현실 고증을 위해 해당 연예인의 포토 카드를 검색해서 실제 판매되는 상품명으로 바꿔준 적도 있었다([당일배송] OOOO 굿즈 – OOO 포카 ㅁㅁ콘 24장 OO ENT 어쩌고…). 심지어 보내는 사람의 이름과 주소도 해당 아티스트의 소속사로 적어주었는데 되돌아보니 그건 조금 잘못된 고증이었던 것 같다. 덕질을 해본 사람이 없어서 무지했다.

반려가전이 고객님의 침대에 오르기까지, 제조를 제외한 모든 과정에서 유포리아가 끝없는 고민을 담아내고 있다. 잊을 수 없는 황홀한 오르가슴의 순간에 유포리아의 반려가전이 함께할 수 있도록 사소한 디테일까지 한 땀 한 땀 최선을 다하고 있습니다! 오르가슴은 디테일에 있으니까요.

6장

어쩌다 전국 딜도 자랑

여행 전 짐을 쌀 때 고려할 사항에는 무엇이 있을까? 무게 규정에 맞춰 가방에 짐을 고루 배분하는 것? 액체류나 날카로운 물건은 위탁 수하물에 넣는 것? 반려가전 유저라면 고민해야 할 점이 하나 더 있다. 바로 '반려가전은 어느 가방에 넣어야 하는가?'이다. 특히나 충전식 배터리로 작동하는 반려가전과 함께 여행할 경우 고민은 더 깊어진다. 위탁 수하물에는 리튬 배터리를 넣으면 안 된다고 하던데, 휴대 수하물로 들고 가려니 적나라한 공항 검색대가 떠올라 막막해진다. 위탁 수하물로 부쳤다가 리튬 배터리 규정 때문에 방송에서 이름이 불리고 여러 사람 앞에서 짐을 다시 싸게 되면 어떡하지? 반대로 휴대 수하물에 넣었다가 엑스레이 검색대에서 짐을 풀어보면 어떡하지?

공항 검색대에서 섹스토이를 두 번이나 활짝 펼쳐본 경험자로서 풀어본다.

공항에서 섹스토이 오픈한 이야기!

세계 주요 도시들에 잇따른 테러가 발생한 2015년, 내가 거주 중이던 미국 워싱턴은 비상사태나 다름없었다. 모두들 보안과 안전에 각별히 신경 쓰며 언제 발생할지 모르는 테러에 대비하고 있었다. 나는 휴가를 맞이해 한참을 고르고 골라 산 석션 컵 딜도와 래빗 바이브레이터를 파우치에 소중히 챙겨 넣고 레이건국립공항으로 향했다. 이 책 맨 앞에 잠시 등장했던 고마운 개새끼를 만나러 샌디에이고로 비행하는 일정이었다. 곧 무슨 일이 일어날지 까맣게 모른 채, 앞으로의 신나는 여정에 두근두근 설레는 마음으로 가득 차 있었다.

일주일이 안 되는 짧은 여행인 데다 경비를 아끼려고 저가 항공으로 예매한 탓에 위탁 수하물을 따로 추가하지 않고 기내용 캐리어와 핸드백만 메고 쫄래쫄래 보안 심사대로 향했다. 레이건국립공항은 이전에도 자주 이용했는데, 이번엔 시국이 흉흉하여 공항 보안에도 빨간불이 켜진 듯 곳곳에 추가 보안 인력이 상주했고 보안 검색 절차도 까다로웠다.

이게 뭘까요
가만히
계세요!

이상한 기류를 느낀 것은 보안 심사대에 원래 있던 것보다 훨씬 고도의 첨단기술을 탑재했음이 분명해 보이는 새로운 하이테크 스캐너를 발견했을 때였다. 기내용 캐리어 한쪽에 살포시 자리 잡은 섹스토이 친구들이 뇌리를 스쳐갔다. 내 순서가 다가올수록 식은땀이 흘렀다. 그때는 아직 섹스토이를 생업으로 삼은 사람도 아니었고 인턴 신분의 외국인이었으므로 지금처럼 담대할 수도 없었다. 점점 불안감이 엄습해왔다.

마침내 길고 긴 대기 줄이 빠지고, 내 짐도 스캔을 마치고 나왔다. 나 역시 하이테크로 무장한 슈퍼 울트라 센서티브 스캐너를 통과하고 떨리는 마음으로 짐을 찾아 서둘러 나가려는데, 보안 요원이 나를 불러 세웠다.

Please hold on, ma'am. We need to re-scan your bag.

(잠시만요. 당신 짐을 다시 스캔해야 할 것 같아요.)

두둥! 두려워하던 일이 벌어지고야 말았다. 내 캐리어는 다시 처음으로 돌아가 스캐너를 거쳐 검사대로 돌아왔다. 그래도 뭔가 미심쩍은 것이 남았는지 검색 요원들은 내 짐을 풀어 구석구석 샅샅이 뒤지기 시작했다. '잘못한 것 없어! 재네는 섹스 안 하고 살 것 같아? 왜 겁을 내? 보면 뭐 어때?' 하는 당당한 이성의 목소리와 만천하에 나의 섹스토이 친구들이 강제로 전시되는 상황을 면하고 싶은 회피형 자아의 마음이 얽히고설켜 2n년 평생 가장 격렬한 멘탈 지진이 일어났다.

짐을 열어보던 여성 보안 요원이 기어코 쾌락의 파우치에 손을 뻗었고, 나는 반쯤 체념한 채 '그나마 여성 요원이라 다행이다…'라는 일말의 안도감이 뒤섞인 기분으로 초조하게 섹스토이가 공항에 데뷔하는 순간을 지켜보았다. 보드라운 벨벳 파우치에서 실물과 매우 흡사한 베이지 톤의 거대한 친구가 짜잔 우람함을 뽐냈고, 반투명 래빗 바이브레이터 속에 알알이 들어찬 메탈 구슬이 빠져나오며 반짝, 하고 빛났다. 여태까지 엄격한 얼굴로 짐을 수색하던 보안 요원은 어색한 웃음과 함께 토이들을 다시 한번 쓱 보더니, 파우치에 도로 담아 캐리어 속으로 돌려보내주었다.

그렇게 나는 여행 시작 전부터 몸도 마음도 만신창이가 되어 비행기에 올랐다. 물론 여행은 재미있었고, 우람한 그 친구들은 여행 내내 나의 즐거운 동반자가 되어주었기에 그들과 함께 여행한 것에 후회는… 없다….

두 번째 딜도 자랑은 상하이 푸둥국제공항에서 벌어졌다. 3년 가까이 사업을 운영하던 차에 벌어진 일이라 섹스토이를 이용하고 판매하는 것을 전혀 부끄러워하거나 창피해하지는 않았다. 나는 여성들의 셀프 케어를 전력으로 돕는 훌륭한 사업가가 아니던가!

그러나 공항 직원들의 무례함과 그로 인한 불쾌감은 오래도록 잊지 못할 것이다. 매년 참석하는 중국 어덜트 케어 엑스포(China Adult-care Expo)를 마치고 귀국길에 오르던 푸둥공항에서의 일이다. 나는 보통 검색대에서의 불필요한 마찰을 피하기 위해 섹스토이는 모두 위탁 수하물에 넣곤 하지만, 그날따라 위탁 수하물 가방에 공간이 부족해 엑스포에서 받아온 샘플 두어 개와 엑스포 책자와 명함 몇 장을 기내용 가방에 넣어야 했다.

아니나 다를까 꼭 이런 날은 무사히 넘어가는 법이 없다. 스캐너에 들어갔다 나온 내 가방이 다시 스캐너 입구로 옮겨졌다. 몇 번을 다시 스캔하더니 보안 직원들이 모여 가방 안을 구경하기 시작했다. 섹스토이를 발견하고 요리조리 살펴보는 것도 모자라 엑스포 명찰 목걸이와 브랜드 카탈로그들을 읽어보다가 다른 직원들을 불러 내 물품들을 돌려보며 피식거렸다. 섹스토이를 기내에 반입하면 안 된다는 규정 따위는 없기에 당연히 모두 돌려받을 수 있었지만, 직원들이 머리를 맞대고 내 물건을 구경하던 그날의 일은 2년 넘게 지난 지금까지도 지독한 불쾌함으로 남아 있다.

섹스토이를 사용하는 것은 부끄러운 일이 아니라고 자신 있게 말할 수 있다. 오히려 내 몸을 아끼고 사랑한다는 '셀프 케어'의 증거니까. 무슨 일이 생겨도 나 스스로를 끝까지 사랑해주고 챙겨줄 사람은 나밖에 없다. 그러니 나를 잘 먹이고, 잘 입히고, 잘 재우고, 잘 다독여서 가능한 한 늘 행복하게 해줘야 한다.

그렇다고 예기치 못한 딜도 자랑의 순간에 당황하고 가슴이 철렁 내려앉는 것 역시 이상한 일이 아니다. 지극히 사적인 물품이기에 공항이라는 매우 공적인 장소에서 생면부지의 공항 직원에게 섹스토이를 펼쳐 보이고 원치 않는 주목을 받고자 하는 사람은 없을 것이다.

나와 같은 경험을 하는 일이 없도록 섹스토이와 여행을 떠날 때 알아야 할 수하물 규정을 정리해보았다. 다음은 국토교통부가 발표한 리튬 배터리 휴대·위탁 수하물 규정으로, 나라와 항공사에 따라 상이할 수 있다.

리튬배터리 휴대·위탁 수하물 항공 운송 기준

리튬배터리 용량 규격	휴대 수하물	위탁 수하물
160Wh 이하 배터리가 장착된 기기	허용	
160Wh 초과 배터리가 장착된 기기	금지	
100Wh 이하 보조배터리	허용	금지
100Wh 초과~160Wh 이하 보조배터리 1인당 2개 이하	허용	금지
160Wh 초과 보조배터리	금지	

배터리만 분리되어 있는 보조배터리는 위탁 수하물로는 보낼 수 없고 용량 규격이 160Wh 이하일 때 휴대 수하물로만 운송할 수 있으며, 배터리가 장착된 기기의 경우 배터리가 160Wh 이하라면 휴대 수하물, 위탁 수하물의 구분 없이 운송이 가능하다. 그렇다면 내 토이의 배터리가 160Wh를 넘는지 안 넘는지는 어떻게 알 수 있을까?

Ah(암페어시) × V(볼트) = Wh(와트시)

보통 mAh로 표기되어 있는 배터리 용량을 Ah로 변환한 다음(1,000mAH = 1Ah), 출력전압을 곱하면 배터리의 소비전력량인 Wh를 구할 수 있다. 대개의 보조배터리는 용량이 30,000mAh를 넘지 않는다면 160Wh를 넘지 않는다. 하물며 평균 배터리 용량이 300~500mAh에 출력전압이 3.7V인 보통의 섹스토이라면 걱정하지 않아도 된다. 초대용량 배터리를 가진 충전식 제품이 아닌 이상 대부분의 섹스토이는 위탁 수하물에 맡길 수 있으니, 주저 말고 토이 친구들을 위탁 수하물로 부쳐 여행하기를 추천한다.

지이이이잉~ 진동 주의

첫 섹스토이를 장만하고 하루하루가 기쁨으로 충만하던 미국 인턴 시절, 지금 생각하면 조잡하고 허접한 제품들이지만 그 친구들 덕에 타향 생활도 심심할 새가 없었다.

문제는 내게 하우스메이트가 있었다는 것. 방을 공유하는 룸메이트는 아니지만, 달랑 벽 하나 둔 바로 옆방인 데다가 화장실을 공유해야 하는 사이였다. 게다가 하우스메이트는 집주인이자 직장을 은퇴한 나이 든 남자였기 때문에 집을 비우는 날도 아주 드물었다. 고양이와 함께 매일 집에서 시간을 보내는 주인 아저씨의 눈과 귀를 피해 토이들과 즐거운 한때를 보내는 일은 정말이지 쉽지 않았다.

하루는 출근 준비를 위해 화장실에 들어갔는데, 아니 이게 머선 일이고, 뽀득뽀득 깨끗하게 세척된 우람한 딜도가 세면대에 우뚝 서서 나를 반기고 있었다! 전날 사용하고 세척한 딜도를 화장실에 그대로 두고 나온 기억이 번뜩 떠올랐다. 우람한 딜도는 전날 밤부터 당일 아침까지 세면대 위에 고이 놓여 있었고, 나는 하우스메이트가 간밤에 화장실 쓰는 소리를 들었더랬다.

그뿐만 아니라 빠듯한 예산으로 구매한 나의 반려가전들이 번번이 우렁찬 소리로 울어댄 탓에 토이를 사용할 때면 이불로 온몸을 꽁꽁 감싸고 신경을 한껏 곤두세워야 했다. 지금 생각해

보면 분명 소리가 옆방에 들렸을 테지만, 나도 하우스메이트도 아무런 내색을 하지 않았다. 뭐, 이제 와서 어쩌겠는가?

바이브레이터 친구와 동거하는 반려인이라면, 누군가와 함께 있는 조용한 곳에서 갑자기 울려대는 진동 덕에 손발 끝이 서늘해지는 경험을 꼭 한 번은 맞게 된다. 호적 메이트(a.k.a. 친오빠)가 나의 이사를 도와주다 있었던 일이다. 본가를 나와 월 30만 원 하숙집으로 이사하던 바로 그날인데, 뭐가 잘못 눌렸는지 가방 속에서 불렛 바이브레이터가 진동하기 시작했다. 지이이이잉~ 지이이이잉~ 휴대전화라기엔 상당히 하이 톤인 진동에 심장이 두근거렸다. 재빠르게 가방에 손을 넣어 바이브레이터를 애타게 찾아 헤맸지만, 내 손은 애꿎은 다른 이삿짐들만 뒤적댔다. 한참을 헤매다 겨우 버튼을 찾아 딸깍 눌렀는데, 쥬와아아아아아앙~ 버튼을 너무 짧게 누르는 바람에 오히려 진동이 더 강해져 버렸다! 전원을 끄려면 버튼을 3초간 꾸욱 눌러야 하는 불렛 바이브레이터가 그날따라 너무 원망스러웠다. 우여곡절 끝에 가까스로 전원을 껐지만, 아직 내 사업 아이템을 모르던 호적 메이트가 혹시나 눈치채진 않았을까 한참을 불안에 떨었다.

나는 반려가전을 사용한다는 것이 전혀 부끄럽지 않고 이를 더는 숨기지도 않지만, 누구에게나 반려가전을 숨겨야 하는 각자의 상황과 사정이 있을 것이다. 꼭 반려가전이 아니더라도 자신의 성에 대해 솔직히 이야기하는 순간, 여성은 편견 어린 시선에 그리고 혐오와 음담패설로 뒤범벅된 언어폭력에 시달리게 된다. 자신의 성에 솔직한 여성들을 안전하게 보호할 사회가 도래하기 전까지 여성이 반려가전을 숨길 수밖에 없는 까닭이다.

반려가전과 함께 여행하거나 이동할 일이 많은 분께는 하드케이스 보관이나 트래블락 기능을 추천하곤 한다. 트래블락은 가방 속에서 뜬금없이 울었던 내 바이브레이터처럼 예기치 못한 상황에 제품이 갑자기 작동되는 일을 방지해주는 기능이다. 실수로 버튼이 눌리더라도 전원이 켜지지 않도록 잠금 설정을 하는 것인데, 버튼을 여러 번 또는 길게 누르면 트래블락이 잠기거나 해제된다.

고객님들께 트래블락 기능을 설명하면서도, 여성이 안심하고 성적 만족을 누리려면 반려가전에 이런 기능이 탑재되어야만 하는 오늘의 현실에 회의감을 느낀다. 모든 여성이 자신의 쾌락을 안전하게 즐기는 날이 올 때까지, 누구나 안심하고 자신의 몸을 아끼고 사랑해줄 수 있을 때까지, 그리하여 마침내 트래블락이 무색해질 그날까지 유포리아는 반려가전 셀프 케어의 숭고한 가치를 좇고자 한다.

7장

얼떨결에
성생활 상담까지 해드립니다

여성 전용 섹스토이숍을 운영하다 보니 제품 상담뿐 아니라 성생활 상담도 종종 하게 된다. 어떤 제품을 사용하면 좋을지에서 시작한 상담이 질 오르가슴의 유무를 논하는 토론이 되기도 하고, 파트너와의 성생활 고충을 상담해주는 자리가 되기도 한다. 나는 비록 심도 깊은 성생활 상담을 제공할 수 있는 전문가가 아니지만, 때로는 모니터 반대편에서 그저 이야기를 들어주는 사람이 있다는 것만으로도 고객님들에게 위로가 되는 듯하다.

야매 성생활 상담(이자 프로 자위 상담)을 하다 보면 속상해지는 순간이 있다. 여성들이 자기 몸의 결정권을 온전히 행사하지 못하는 사례를 접할 때다. 오랫동안 여성의 성은 파트너가 정복해야 하는, 파트너에게 선물해야 하는 것으로 대상화되어온 탓에 여성들이 자신의 쾌락을 추구하지 못하고 타인의 눈치를 먼저 살필 때 마음이 저리다.

기구를 사용했다가 성관계에서 기쁨을 느끼지 못하면 어떡하죠?

이 질문은 해마다 부동의 1위다. 기구를 이용해 자위를 했다가 파트너와의 성관계에서 기쁨을 느끼지 못하게 될까봐 걱정된다는 질문. 나는 이 질문의 답을 매일 먹어도 새롭게 맛있는 면 요리에 비유하고 싶다. 가수 옥주현 씨는 "먹어봤자 내가 아는 그 맛이다"라고 했다지만, 아는 맛이니까 더 맛있는 걸 어떡하나요! 이미 그 맛남을 너무나 잘 알기에 거부할 수 없는 것이 음식의 유혹 아니던가? 면은 맨날 먹어도 늘 새롭게 맛있다. 냉면도 메밀국수도 잔치국수도 비빔국수도 파스타도 맛있다!

오르가슴도 마찬가지다. 파트너와의 성관계에서 오르가슴을 느끼지 못했던 사람이라면, 내가 직접 만들어 맛본 셀프 오르가슴을 겪어보고 나서 오히려 파트너와의 성관계가 즐거워질 수 있다. 이미 파트너와의 성관계가 즐거운 사람이라면, 매번 물냉면만 먹다가 한 번쯤 비빔냉면을 먹는다고 물냉면이 갑자기 맛없어지지 않듯이, 파트너와의 성관계도 여전히 맛있을 것이다.

게다가 파트너와 하는 섹스와 자위를 똑같은 냉면이라고 보기에는 무리가 있다. 자위는 오르가슴이라는 하나의 목표를 향해 달려가는 레이스지만, 파트너와의 섹스는 오르가슴과 함께 상대방과의 유대감을 확인하는 기회가 된다. 오르가슴 하나만을 목표로 두자면 사실 사람이 기계를 따라가기는 어려울 수 있다. 하지만 파트너와의 섹스는 살을 부대끼며 서로를 향한 애정을 주고받고, 가장 비밀스러운 순간을 나누며 마음의 벽을 허무는 과정이라고 믿는다. 이런 점에서 기계는 사람을 대체할 수 없다.

남자 친구가 싫어할까봐 걱정돼요

반려가전을 들이려는데 남자 친구가 싫어할 것 같다는 고민도 자주 듣는다. 가장 마음 아픈 순간이다. 남자 친구가 기구에 질투할까봐, 남자 친구의 자존심이 상할까봐 걱정하는 것이다. 사실 나도 내 직업을 밝히는 순간 자신과 반려가전을 등치하며 마치 자신의 일자리를 반려가전에 빼앗긴 것처럼 질투심을 표출하는 남자들을 많이 봐왔다. 신기하게도 이런 질투심은 바이브레이터보다는 질 자극형 토이(예를 들어 딜도)에 더 격하게 표출되는 듯하다. 내가 사용하는 딜도의 사이즈를 궁금해하며 묘한 경쟁심과 열등감을 드러내는 경우도 빈번했다.

반려가전에 질투하는 남자들은 마치 러다이트 운동가들 같다. 여성들이 수제(?) 오르가슴이 아닌 전자동형 오르가슴을 경험하기 시작하면 자신이 기계로 대체될 것이라고 믿는 태도 아닌가? 반려가전에 질투심을 느끼는 것은 자신을 폄하하는 것과 다름없다. 자신의 존재가치가 파트너에게 성적 만족을 줄 때에만 유효하다고 믿기 때문에 반려가전을 경쟁자로 보는 것이다.

내 몸의 치외법권 '보지'

어쩌다 우리는 얼굴 비대칭, 허벅지 사이의 갭(Thigh Gap), 짝짝이 가슴, 힙딥(Hip Dip)같이 내 몸의 아주 작은 디테일들은 낱낱이 꿰고 샅샅이 뒤져 현실에 존재하지 않는 이상과 비교하며 흠결을 찾아내면서, 두 다리 사이의 성기에는 '그곳', '아래', 'Y존'이라며 이름조차 제대로 부르지 못하는 사람이 된 걸까?

나노미터 단위로 우리의 몸을 재단하고 저울질하며 이상향에 가까워지기 위해 말 그대로 뼈와 살을 깎아내는 와중에도 오직 한 곳, 보지만은 내가 들여다봐서도 관심을 가져서도 안 되는 내 몸 안의 치외법권으로 여겨왔다. 분명 내 몸에 있지만 타인에게 결정권을 내어준 나의 땅, '치외법권'이야말로 자신의 신체 주권과 성적 자기결정권을 빼앗긴 여성들이 쓰기에 적합한 말 아니겠는가?

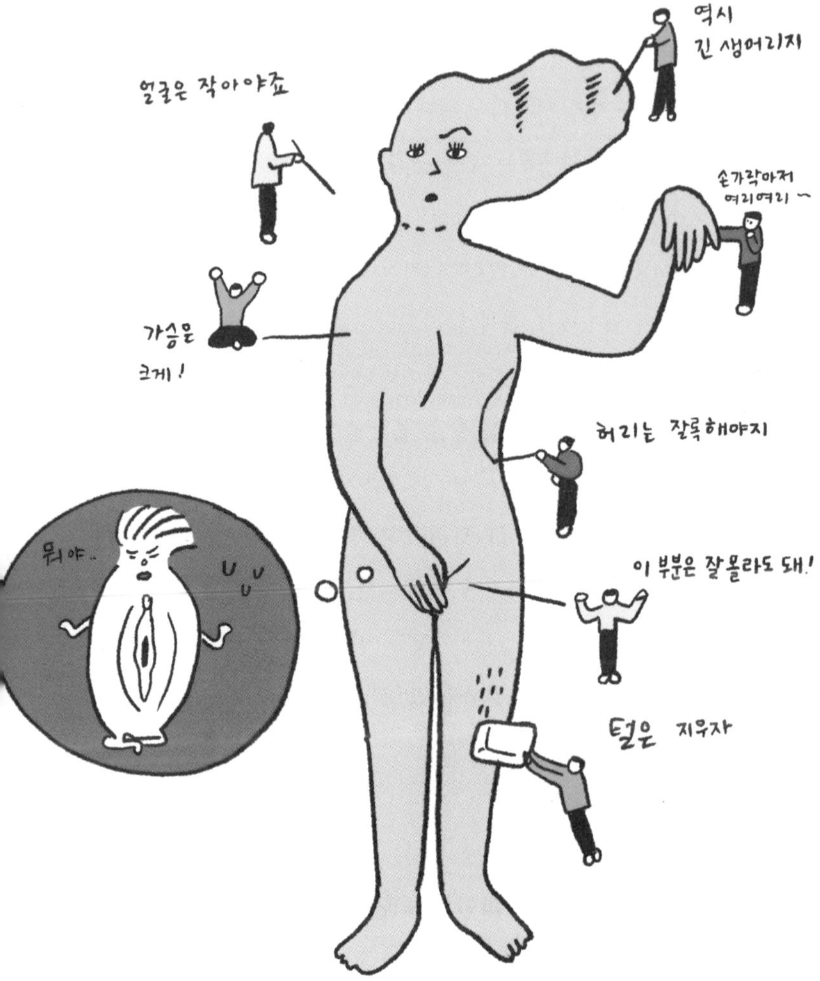
역시
긴 생머리지
얼굴은 작아야죠
손가락마저
여리여리~
가슴은
크게!
허리는 잘록해야지
뭐야..
이 부분은 잘몰라도 돼!
털은 지우자

내 몸의 모든 부분은 거울을 뜯어보며 가꾸고 다듬어야 한다고 배웠지만, 보지만큼은 '지지'라서, '소중한 곳'이라서, '감춰야 하는 곳'이라서, '부끄러운 곳'이라서 등등 하고많은 이유로 주체적 탐구가 금기시되어 왔다. 본의 아니게 보지와 멀어진 탓에 우리는 그동안 '내 보지'를 몰라도 너무 몰랐다.

섹스토이 상담을 하며 자신의 보지와 낯설고 서먹한 사이인 숱한 여성을 만날 수 있었다. 가장 충격적인 사실은 타인과의 성 경험이 있는데도 질과 클리토리스를 구분하지 못하고 위치조차 모르는 여성이 많다는 것이었다. 내가 아닌 타인은 내 보지를 관찰하고 만질 수 있지만, 정작 스스로는 어떻게 생겼는지도 알지 못하는 치외법권 보지로 살아온 셈이다. 클리토리스의 존재를 전혀 모르고 클리토리스 자극용으로 나온 바이브레이터를 질에 넣으려고 하거나, 파트너가 만져서 자극을 주기 전까지는 클리토리스라는 기관 자체를 인식하지 못했다거나, 아예 질구의 위치를 모르는 경우도 있었다.

처녀막과 질 오르가슴 신화를 넘어

내 몸, 내 성기에 대한 타인의 지배를 가장 상징적으로 보여주는 예가 '처녀막' 신화다. 이 보지가 '중고' 보지가 아닌 '신품'이라는 것을 증명해주는, 치약이나 케첩의 은박 실(Seal) 같은 막은 존재하지 않는다. 질에 무언가가 들어오는 '첫 경험'의 순간에 '처녀막'이 '찢어지고' 피가 난다는 믿음은 알에서 깨어난 영웅담만큼이나 신화적인 이야기다. '첫 경험' 후의 피 묻은 침대 시트는 오랫동안 '처녀성'의 상징으로 여겨져왔지만, 실제로 첫 섹스 뒤에 피를 흘리는 경우는 3분의 1밖에 되지 않는다. 그마저도 준비되지 않은 긴장 상태에서의 거친 섹스로 인한 부상일 뿐이다.* 보지의 '개봉 여부'를 알려주는 '미개봉 실'은 존재하지 않으며, '처녀막'의 유무나 생김새는 성 경험의 증거가 될 수 없음이 다수의 연구에서 밝혀졌다.**

'처녀막'이라는 단어 또한 '처녀막'이 '처녀성'과는 관련 없다는 점을 고려하면 틀린 표현이므로 나는 남성중심적 가치판단을 배제한 '질막'이라는 말을 사용하고자 한다. '처녀성'과 출혈의 인과관계는 과학적으로 전혀 증명된 바 없지만(오히려 성관계 유무와 질막이 무관하다는 사실만 과학적으로 증명되었다), 여성의 성을 지배하려는 '유구한' 역사와 관습에 따라 '처녀막' 신화

* Jen Gunter. (2019, November 13). A History of Hymens. THE WALRUS. https://thewalrus.ca/a-history-of-hymens/

** Mishori, R., Ferdowsian, H., Naimer, K. et al. (2019). The little tissue that couldn't – dispelling myths about the Hymen's role in determining sexual history and assault. Reprod Health 16, 74. https://doi.org/10.1186/s12978-019-0731-8

는 여성의 성을 억압하는 도구로 이용되어왔다. 심지어 미국의 유명 래퍼 T.I.는 해마다 여성 병원에 방문해 딸의 '처녀성'을 검사한다고 한다. 그 병원 의사가 도대체 어떤 방법으로 수많은 연구와 논문에서도 밝혀내지 못한 질막과 '처녀성'의 관계를 검사하고 있다는 것인지 알 수 없지만 말이다. 이렇듯 아직까지도 많은 여성이 자신의 성을 온전히 주관하지 못하고 타인에게 자기 몸의 사법권을 빼앗긴 채 살아가고 있다.

여성의 진정한 성적 경험은 질에서만 얻을 수 있다는 믿음도 남근주의적 신화이다. 성을 막 알아가고 자위를 시작했을 무렵부터 나는 질 오르가슴이 언젠가 꼭 도달해야 할 목표라고 여겼었다. 섹스를 묘사하는 거의 모든 매체에서 질에 무엇인가를 벅차게 가득 채우고 찔러 넣는 행위가 여성 쾌락의 종착역인 것처럼 강조되었다. 질에 무언가를 삽입하는 것만이 진정한 성 경험이라는 신화적 믿음은 자위에도 그대로 적용되었다. 돌이켜보면 클리토리스 자극으로 이미 벅찬 오르가슴을 느끼고 있었는데도, 아직 도달하지 못한 목표가 있다는 듯 미지의 '지스팟'과 '진짜 오르가슴'을 찾기 위해 노력했다.

결론부터 말하면 나는 자위 경력 10년이 넘은 프로 자위러지만 아직 질 오르가슴을 느끼지 못했다. 클리토리스와 질구 사이의 거리가 질 오르가슴의 유무를 결정한다는 연구도 있다지만,

나는 해당 사항이 없다. 질 오르가슴이 무엇인지 모르기에 질 오르가슴과 클리토리스 오르가슴을 비교하며 뭐가 더 낫다고 말할 수 있는 입장이 아니다. 그렇다고 해서 질 오르가슴을 느껴보지 못한 사람들이 불완전한 오르가슴을 느끼고 있다고 말할 수는 없다. 부먹이든 찍먹이든 내가 맛있고 배부르게 먹으면 그걸로 탕수육의 소임은 다한 것이다. 바삭한 튀김을 소스에 찍어 먹어야만 제대로 먹었다고 할 수 있다거나, 소스가 잘 스며들게 부어 먹어야 본연의 맛을 즐긴 거라고 할 수 있다거나, 바삭하되 소스도 잘 스며들도록 볶아 먹는 것만이 진리라고 주장할 필요가 있을까? 내가 맛있으면 그만인데 말이다. 물론 질 오르가슴도 엄청나게 즐겁겠지만, 나는 지금 내가 느끼고 있는 클리토리스 오르가슴이 정말 감사하고 기쁘다. 질 오르가슴에 집착해 우리의 펀쿨섹 클리토리스 오르가슴을 잊지 말자!***

*** 2021년 7월 27일 국립국어원 표준국어대사전에 '질입구주름'이라는 단어가 등재되었다. 지금까지는 '처녀막: 처녀의 질 구멍을 부분적으로 닫고 있는, 막으로 된 주름 또는 구멍이 난 막. 파열되면 재생이 되지 않는다'라고 적혀 있었는데, 이제 표제어가 '질입구주름'으로 바뀌면서 설명도 '여성의 질 구멍을 부분적으로 닫고 있는, 막으로 된 주름 또는 구멍이 난 막'이라고 수정되었다.
'처녀막' 신화가 국어사전에까지 오를 정도로 지배적인 인식이었다는 데에 다시금 어처구니가 없지만, 여성을 향한 케케묵은 성적 억압과 편견도 마침내는 깨뜨릴 수 있음을 증명해주는 것 같아 무척 반갑다. 우리의 몸이 나 아닌 누군가에 의해 명명되거나 재단되지 않을, 내 몸의 모든 곳을 내가 주관하고 내가 결정할 그날이 올 때까지 유포리아는 목소리를 낼 것이다.

2부

여성혐오 없인 섹스토이 못 파세요?

1장

어두운 커튼 뒤 '남성만 입장 가능'의 비밀•

분홍색 간판의 [성인용품] 가게나 삼류 인터넷 언론사 광고로 나오는 기분 나쁜 움짤 배너를 보면 누구도 섹스토이에 대해 좋은 인상을 갖기는 어려울 것이다. 특히나 '성인용품' 간판 밑에 적힌 '부부용품', '독신용품' 같은 설명을 보면 어쩐지 언짢았다. 아니, 커플이면 커플이지 왜 꼭 부부여야 하는 거야? 게다가 독신용품이라니, 혼자 사는 사람들은 죄다 성적으로 외롭고 처절할 것 같다는 건지. 그리고 꼭 독신이나 커플이 아니더라도 많은 사람이 가족과 함께 사는 집에서 섹스토이를 사용한

• 2부에서는 '성인용품' 산업에 관해 이야기하므로, 경우에 따라 섹스토이 또는 반려가전 대신 '성인용품'이라는 단어를 사용합니다. 유포리아는 안전한 셀프 케어를 성인에게만 허용된 것으로 규정하는 '성인용품'이라는 단어에 동의하지 않습니다.

LOVE
러브
ADULT
24시간
성인
19
#
일본·미국·홍콩
남성용
성인용품
성인용품
휴게텔
SEX
日本 성인용품
ADULT
독신용품
쌔한 기분

다. 섹스토이를 데려올 때 소음이 중요한 평가 기준인 이유다.

세상이 많이 바뀐(?) 지금은 다양한 온·오프라인 섹스토이숍이 반짝반짝 화려하고 밝은 모습으로 커플 및 여성 고객 들을 끌어당기며 편안한 쇼핑 경험을 제공한다. 하지만 지금도 성을, 특히 여성의 성을 극도로 대상화하고 폄훼하는 '성인용품'의 트렌드는 계속되고 있다. 오르가슴까지의 짧은 도달 시간과 적은 체력 소비, 편리한 사용 등 기능을 충실히 하는 방향으로 발전하는 여성용 자위 기구와 달리, 남성용 자위 기구는 여성을 모방함으로써 여성을 대체하고 여성의 존재를 '섹스를 위한 구멍'으로 축소하려는 경향이 짙다. 이런 제품들은 밝은 오프라인 섹스토이숍의 '남성만 입장 가능' 커튼 뒤에 가려져 남성들의 성문화 속으로 은밀히 스며든다.

남성의, 남성에 의한, 남성을 위한 몹쓸 토이들

2019년 독일의 eroFame이라는 성생활용품 엑스포에 방문했을 때의 일이다. 나는 토이들의 글로벌 트렌드를 알아보고 혁신적인 신제품을 물색하고자 1년에 두세 번 엑스포를 다닌다. 이제는 기괴한 제품을 봐도 별 감흥이 없을 정도로 익숙해졌다. 하지만 eroFame에서 친한 파트너사의 신제품 남성용 오나홀(페니스로 피스톤 운동을 할 수 있도록 제작된 자위 기구)을 발견한 순간은 옳거니! 하면서도 씁쓸했던 유레카 모먼트였다. '남성용 자위 기구가 여성의 성적 대상화를 강화하는 방향으로 나아가고 있다'는 나의 주장을 뒷받침하는 증거 그 자체였기 때문이다.

나는 2017년부터 여성을 대상화하지 않는 남성용 제품들을 찾아다녔다. 기존에 이 파트너사에서 만든 남성용 자위 기구는 신체를 모방하고는 있지만, 성적 대상화 없이 깔끔한 포장으로 기능만을 강조하는 제품이었다. 그래서 이 회사의 남성용 제품은 어떤 모습으로 진화할지 내심 궁금했다.

하지만 안타깝게도 나는 2년 만에 여성 인권과 젠더 의식의 중대한 후퇴를 목격해야 했다. 파란 바탕에 제품명만 적힌 간결한 제품을 만들던 그 회사가 포장에 여성의 몸과 얼굴 사진을 떡하니 넣은 제품을 출시한 것이다. 게다가 그 여성의 이름과 서명까지 새겨져 있었다.

모델을 어떻게 섭외했느냐는 내 질문에, 파트너사 담당자는 이 여성은 실제 인물이 아니라고 대답했다.(네??) 돈을 내고 스톡포토 사진을 다운로드해 가명과 함께 가짜 서명을 덧붙여 제품을 만들었다는 것이다.(뭐라고요????) 실존하지도 않는 가짜 인물까지 만들어내며 제품에 캐릭터를 부여해야 하는 이유가 무엇일까? 그 답은 단순하고 천박하기 짝이 없다. 이 제품을 사용하면 곧 사진 속 여성과 섹스하는 것이라는 메시지를 전달하기 위함이다.

엑스포 다녀왔다고 하면 듣는 질문 1위, 빻았지?

마침 엑스포 이야기가 나왔으니 더 해보자면, 비용과 시간이 드는 일이지만 외국의 산업박람회에 참여하는 것은 성생활용품 업계의 과거와 현재 그리고 미래를 엿볼 수 있는 좋은 기회다. 신제품을 가장 먼저 확인하는 곳이기도 하다. 하지만 엑스포에 다녀왔다고 하면 꼭 듣는 질문이 있다.

빻았지?

빻았다. 완전 빻았다. 처음으로 참석했던 엑스포에는 미취학 아동 나이대의 여자아이를 본뜬 섹스돌과 여성의 신체를 조각조각 파편 내어 성기를 덧댄 오나홀이 한 층을 가득 메우고 있었다.

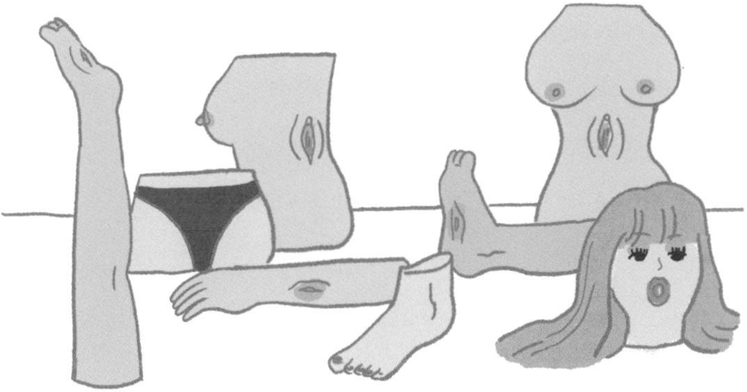

너무나 참담한 광경에 여성의 존엄성에 대해 고민할 수밖에 없었다. 페티시즘은 개인의 취향이고, 페티시즘을 실리콘 제품에 해소하는 것뿐이지 실제 여성도 아닌데 뭐가 문제냐는 말도 여러 번 들었다. 성기 모양의 딜도와 다를 것이 뭐냐는 의견도 많았지만, 내 생각은 조금 다르다.

자위는 상상을 대입하는 행위이므로 성기 모양의 제품이 존재하고 사랑받는 것은 어쩔 수 없다. 노골적이지 않은 디자인을 선호하는 고객도 있지만 성기와 최대한 유사한 제품을 원하는 경우도 많다. 다채로운 고객 취향에 맞춰 보지·자지 모형 제품의 경도와 사이즈가 가지각색일 수도 있다. 유포리아는 성기 모양의 제품을 취급하지 않지만, 그 존재 자체에 반대할 수는 없다. 다만 성기 모양이 아닌 제품들을 최대한 많이 공급해 다양한 선택지를 주고자 노력하고 있다.

하지만 성기 모형이 맥락을 입는 것은 다른 이야기다. 남성들의 자위 기구는 여성의 '존재'를 모방한다. 단순한 성기 복제가 아니다. 어떻게든 레플리카 성기와 실제 여성의 연결고리를 만들어 가짜 보지로 여성을 대체한다는 착각을 불러일으키려고 한다. 사진, 이름, 직업, 거주지 등의 구체적인 특징을 지정해 만들어낸 캐릭터성이 실존하는 여성이나 내가 아는 누군가를 연상시키면서 레플리카 성기와 실제 여성의 연결고리 역할을 한다. 실제 여성을 연상하게 하는 자위 기구는 마침내 여성을 성적으로 정복했다는 착각과 더불어 현실 세계에서도 정복해야 한다는 욕망을 조장한다.

거의 모든 남성 제품은 비슷한 형태로 여성의 신체를 모사한다. 보지, 입 또는 항문이다. 디테일의 차이는 있지만 모양은 크게 다르지 않다. 비슷비슷한 그 제품들을 차별화하는 것은 포장지의 캐릭터들이다. 어린아이, 교복 입은 청소년, 친동생, 의붓어머니, 간호사, 옆집 누나, 헬스트레이너 등을 포장지에 크게 그려놓고서 마치 그 제품이 포장지에 그려진 인물의 성기인 양스토리를 갖다 붙이는 행위는 제조사가 남성 소비자들에게 이렇게 속삭이는 것이나 다름없다.

동생을 상상하며 자위를 해봐.
아장아장 걷는 어린애를 강간하는 상상을 해봐, 꼴리지 않니?
얘는 '니콜 아담스'라는 여자야. 사진을 보면서 마스터베이션해봐.

자위 기구를 만드는 회사가 제품에 특정 이미지를 덧씌우는 것은 그 자체로 롤리타콤플렉스를 부추기고, 옆집 대학생과 헬스트레이너를 사람이 아닌 '딸감'으로 보라는 강력한 메시지가 된다. 닭이 먼저인지 달걀이 먼저인지 알 수 없는 딜레마처럼 수요가 공급을 만들고 공급이 다시 수요를 부채질하는 쳇바퀴 속에서 여성은 물화(物化)된다.

여성 신체를 조각 낸 오나홀에도 추잡한 의도가 물씬 서려 있다. 발 페티시즘이 있다고 해서 존재하지도 않는 '발 보지'와 섹스하고 싶은 사람은 없다. 손과 발, 귀에 성기 모양을 도리고 페니스를 욱여넣는 것은 단순한 페티시즘이 아니다. 여성의 파편화된 신체를 '오나홀화'하는 것은, 여성의 온몸은 남성이 '따먹을' 수 있는 보지나 마찬가지라는 일종의 영토 선언이다.

남성용 섹스토이에서 기능성은 점차 부차적인 요소가 되어가고 있다. 자위 기구를 구매할 때는 육체적인 쾌락을 주는지가 선택 기준이어야 합리적이겠지만, 남성용 섹스토이는 육체적 쾌락 대신 누군가를 '따먹는다는' 정신적 착란을 주는 제품에 가까워지고 있다. 여성의 모습과 스토리를 덧씌운 제품을 판매하고, 또 이러한 자극적인 제품을 구매하면서 남성 생산자와 소비자 들은 다음의 메시지를 주고받으며 강화해나간다: '여성을 성적 대상으로 축소하고 맘껏 유린하자.'

성기를 모방하지 않고 육체적 쾌락이라는 본질적 기능에 충실한 남성용 섹스토이도 있다. 대표적으로 '텐가'의 제품들이다.

텐가는 고질적인 성 상품화에서 탈피해 외설적이지 않은 모양의 제품을 출시하며 남성용 제품을 양지로 끌어올리는 데 공

헌을 한 브랜드다. 안타까운 점은 이런 제품들이 극소수에 불과하다는 것이다.

자위는 상상을 동반하는 행위지만 상상은 제품을 사용하는 소비자의 영역이지, 만드는 사람의 역할이 아니다. 공산품은 공산품으로서 기능에만 충실하도록 만들고 판매하면 된다. 제조업자나 유통업자가 억지로 극단적인 캐릭터와 스토리를 짜내 비뚤어진 상상을 부추겨선 안 된다. 실제 사용 경험과는 무관한 포장과 광고로 불필요한 성적 대상화만 난무하고, 이는 끝내 여성의 존엄성과 인격권 훼손으로 이어진다.(심지어 제작비도 더 든다!) 전 지구의 토이 제조업자와 유통업자 들이여, 이제 상상은 사용자의 몫으로 남겨두고 기능으로만 승부를 보자. 이것이 우리의 상도덕이자 토이 업계의 미래를 구하는 길이다.

2장

섹스토이 팝니다만, 섹스돌은 반대합니다

'섹스돌'은 사람의 형상을 흡사하게 흉내 낸 섹스토이의 일종으로, 공기 주입식 싸구려 섹스돌부터 인체의 형태와 촉감을 거의 똑같이 구현하고 AI까지 탑재한 수백만 원대의 섹스돌까지 부류가 다양하다. 섹스돌은 흔히 '리얼돌'이라고도 불리지만, 이 책에서는 섹스돌이라는 표현을 사용하고자 한다. 첫째, '리얼돌'이라는 이름은 섹스돌을 생산하는 제조사의 브랜드명이기에 섹스돌 전체를 어우르기에 적합하지 않다. 그리고 나는 '버버리 코트'나 '스카치테이프'처럼 브랜드명이 일반명사처럼 쓰일 만큼 섹스돌이 대중에게 보편화되길 바라지 않는다.

둘째, 섹스돌은 그저 리얼하게 사람을 닮기만 한 인형이 아니라 신체의 성적인 부분을 부각하고 과장한 섹스 인형이다. 과연 섹스돌이 사람을 닮았다는 이유만으로 '리얼돌'이라고 불리는 것일까? 딜도가 아무리 실제 성기를 닮아도 우리는 그 딜도를 '리얼 자지'라고 여기지도, 부르지도 않는다. 사람을 닮은 인형이라 해도 이를 '리얼돌'이라 부르는 저의에는 단지 닮았다는 전제를 넘어 인형과 실제 여성을 동일시하려는 성적 판타지가 투사된다. 누군가의 페티시즘만 담아내 만든 인형에 실재하는 여성의 이미지를 덧입히기 위해 '리얼'이라는 단어를 연결고리로 악용한 셈이다. 이러저러한 이유로 나는 섹스돌을 '리얼돌'이라 부르는 것에 동의하지 않는다.

전신 섹스돌은 관세법에 따라 수입이 규제되어 국내 생산 제품만 유통이 가능했으나, 2019년 6월 '성 기구를 음란한 물건으로 취급하여 수입 자체를 금지하는 일은 매우 신중해야 한다'는 대법원의 수입 허용 취지 판결 이후 저렴한 수입산 섹스돌의 국내 판로가 열렸다. 그간 인천 세관은 '미풍양속을 해친다'는 이유로 전신 섹스돌의 통관을 허가하지 않았다. 한 업체가 수입하려던 섹스돌이 통관 보류 처분되자 이를 취소해달라는 행정심판을 청구했고, 업체가 승소하면서 수입이 허가되었다. 전신 섹스돌의 수입 선례가 생긴 것이다.

세관은 해당 판결을 보수적으로 받아들여 소송 대상이 된 모델 한 종에 대해서만 통관을 허가했지만, 수입업체들이 줄줄이 소송전을 벌였다. 섹스돌이 성적 혐오감을 줄 수 있다며 수입에 반대하는 세관의 입장과 섹스돌이 도의적 관념에 반하지 않는다는 법원의 판결이 매번 엇갈리며 첨예하게 대립하고 있다.

그런데 안타깝게도 섹스돌을 둘러싼 뜨거운 찬반양론은 오히려 섹스돌의 홍보 수단이 되고 말았다. 대법원 판결로 통관이 허가된 일부 수입 섹스돌과 국내 생산 섹스돌에 관심이 몰리며 오히려 섹스돌 사업이 확장되는 결과를 낳았다. 그동안 전신 섹스돌을 취급하지 않던 업체들도 섹스돌을 판매하기 시작했고, '리얼돌 체험방' 등 변종 비즈니스가 우후죽순 생겨났다. 코로나19 팬데믹 이후 전 세계적으로 섹스돌 시장이 호황을 맞이했다는 소식도 들려온다. 중국의 알리익스프레스에서는 비중국 거주자의 섹스돌 구매가 두 배 이상 증가했다고 한다.

수없이 엑스포들을 다니며 온갖 섹스돌을 보아온 나는 전신 섹스돌을 포함해 맥락을 입고 여성을 모방하는 모든 섹스토이에 반대한다. 성생활용품 업계에서도 찬반이 뚜렷하게 갈리는 주제인 만큼, 공개적으로 목소리를 높이기가 조심스러운 것도 사실이다. 하지만 찬성 입장의 비즈니스들이 미디어 1면을 장식하는 요즘, 작은 목소리라도 동종 업계에 반대 의견을 가진 종사자가 있다는 사실을 알리고 싶다. 왜 섹스돌 수입에 반대하냐고 묻는다면, 역시 이러저러한 이유를 들어볼 수 있다.

성적 대상화의 결정체, 160cm 37kg의 섹스돌

전신 섹스돌 수입을 찬성하는 사람들의 주된 주장은 섹스돌이 성욕 해소에 기여한다는 것이다. 중증 장애인의 성욕 해소를 위해 필요하다는 의견도 있다. 섹스돌도 자위 기구의 한 종류라는 점에서 납득하기 어려운 주장은 아니다. 그런데 섹스토이를 판매하는 사람으로서 나는 이런 의문을 품게 된다. '쌔고 쌘 자위 기구들을 제치고, 왜 굳이 성욕 해소를 위해 여성과 똑 닮은 레플리카가 필요한 걸까?'

육체적인 성욕을 해소하는 게 목적이라면 최대한 효율적으로 힘들이지 않고 짧은 시간에 강렬한 오르가슴을 전달하는 제품을 선호하는 편이 자연스럽다. 실제로 새티스파이어를 포함한 많은 여성용 제품이 쾌락을 느끼게 하기 위한 기능에 초점을 맞춰 개발되었으며, 최근 여성 고객들의 인기를 끄는 제품 대부분은 인간의 신체를 전혀 닮지 않은 토이들이다.

그러나 섹스돌은 여성용 제품들과는 분명 지향점이 다르다. 효율적으로 쾌락을 극대화하는 것이 아닌, 오로지 인간 여성을 똑같이 묘사하는 데에만 초점을 맞춘다. 정말 육체적 성욕 해소만을 위한다면 빠르고 편하게 사정할 수 있는 도구를 사용하는 것이 가장 효율적이다. 도구가 크고 무거울수록 사용성은 떨어지고 보관과 관리도 불편해지기 때문이다. 그런데 남성 소비자들은 '전신' 섹스돌을 욕망한다. 10cm에 100g이면 충분할 것을, 굳이 160cm에 37kg의 제품을 찾는 것이다. 비합리적이다.

물론 사람과의 교류로 해소할 수 있는 성욕과 섹스토이로 해소할 수 있는 성욕은 다른 영역이다. 무생물인 자위 기구를 사용하면 사람과 성적 교류를 맺는 것보다 육체적 쾌락을 빠르고 강하게 느낄 수는 있어도 정서적 성욕은 충족할 수 없다. 바이브레이터를 상대로 BDSM 플레이를 할 수 없듯이 말이다. 따라서 인간 여성을 닮은 섹스돌의 존재 자체가, 섹스돌의 목적이 육체적 오르가슴을 넘어 정서적인 성욕 충족까지 포함한다는 증거다. 제품을 여성과 똑같이 만듦으로써 오르가슴뿐 아니라 실제 여성과의 섹스를 재현하고자 하는 것이다. 그게 아니라면 비싼 가격과 사용의 불편함을 감수하면서까지 여성을 똑같이 묘사할 필요가 없다. 하지만 한낱 성적 도구로 여성을 모방하고 대체할 수 있다는 생각은 곧 여성의 존재를 '성능 좋은 오나홀' 정도로 여기는 남성 소비자들의 젠더 인식을 여실히 방증한다.

중증 장애인의 성욕 해소를 위해 전신 섹스돌이 필요하다는 주장은 더 납득하기 어렵다. 신체장애로 인해 거동이 불편하기 때문이라면, 손바닥 크기의 마스터베이터를 놔두고 비장애인 성인 남성도 사용하기 불편한 전신 섹스돌을 필요로 하는 것은 어불성설이다. 정신장애인을 위함이라면 더 의아하다. 거동이 불편하지 않다면 충분히 자위를 할 수 있기 때문이다. 만약 파트너를 만나기 어려운 성소외자의 행복 추구권을 이야기하는 것이라면, 성욕은 국가나 사회가 나서서 충족시켜줘야 할 복지의 대상이 아니라고 말하고 싶다.

실제 여성을 향할 강간과 폭력의 욕구

섹스돌을 소비하거나 유통하는 사람들이 자주 하는 말이 있다. 남성으로 살기 어려운 시대라고, 남성이 성욕을 해소할 곳이 없다고 말이다. 여성들이 걸핏하면 시선 강간이나 성추행 등으로 신고하니 정상적인 관계를 갖기도 어렵고, 성매매 단속으로 사창가도 갈 수 없고, 포르노를 보려고 해도 음란물 차단으로 볼 수가 없으니 남자들이 성욕을 해소할 방법이 없다고, 그래서 그 대체품으로 섹스돌이 필요하다는 것이다.

이는 다시 말해 합의를 통한 여성과의 성관계가 어렵거나 불편한 남성들이 고안해낸, 합의할 필요 없이 원하는 성적 행위를 마음껏 저지를 수 있는 성 기구가 바로 섹스돌이라는 말이다. 그러므로 섹스돌의 핵심은 자위행위에 있는 것이 아니라 여성을 성적으로 마음껏 이용하고 다루는 유사 경험을 제공하는 데에 있다. 앞서 말했듯이, 단지 자위행위가 목적이라면 굳이

160cm에 37kg짜리가 필요하겠는가?

기술력의 향상으로 여성을 최대한 똑같이 묘사하려는 시도가 얼마나 활발한지 최신 섹스돌은 인공지능까지 갖춰 말을 하거나 움직이기도 한다. 반항하는 제스처를 취하는 인형도 있다. 하지만 섹스돌이 구사하는 그 '반항'의 몸짓도 결국은 강간 판타지를 자극하여 성적인 흥분을 고조하기 위한 장치일 뿐이다. 인형이 진짜로 거절할 수 있는 것은 아니기 때문이다. 인형이 휴대전화로 경찰을 부르겠는가? 아니면 뭐라도 들고 머리통을 갈기기라도 하겠는가?

섹스돌을 사용하는 것은 단순한 자위가 아니다. 여성을 향한 강간욕과 폭력욕의 대리 해소다. 환상 속 여성과 아주 유사하지만 최소한의 방어도 하지 못하는 인형을 향해 얼마나 과격한 가학성과 폭력성이 튀어나올 것인가? 인간에게는 도저히 할 수 없는 행위들을 얼마나 반복할 것인가? 인형에게 쏟아내는 것으로 폭력적인 욕구가 모두 해소되어 여성 대상 범죄가 예방된다면 좋겠지만, 그럴 일은 결코 없다. 폭력은 반복할수록 무디어지고, 이내 실제 여성을 향해 동일한 행위를 재현해보고 싶은 마음만 커질 뿐이다. 인형에게 연습하며 누적시킨 그 가학성과 폭력성은 결국 언젠가 실제 여성을 향해 쏘아질 테다.

갓난아이 섹스돌이 존재하는 현실

섹스돌은 여성을 향한 가학과 폭력을 조장한다. 그런데 더군다나 그 섹스돌이 아동이나 청소년의 모습을 하고 있다면? 섹스돌 판매업자들은 작은 키의 섹스돌이 보관과 편의를 용이하게 하려고 성인 신체 모양에서 크기만 줄인 것이라 이야기하지만, 내가 산업박람회에서 직접 목격한 제품들은 달랐다.

박람회에 전시되는 섹스돌의 비중은 매년 줄어들고 있지만, 묘사의 수위는 해가 바뀌어도 그대로이거나 더 위험해지고 있다. 많은 섹스돌이 교복을 입고 있거나 청소년의 신체를 본뜨고 있다. '키 65cm, 몸무게 3.2kg, 가슴둘레 38cm'라는 소개문이 적힌 유치원~초등학생 수준의 아동 형상 섹스돌도 드물지 않고, 심지어 갓난아이 형상의 섹스돌도 있다.

이미 포장지에 어린아이의 이미지를 착취적이고 폭력적으로 묘사하는 남성용 자위 기구가 차고 넘치는 현실에서, 이러한 아동 형상의 섹스돌이 아이들을 폭력에 노출시킨다고 믿는 것은 비약이 아니다. 미국에서 섹스돌 반대 청원 운동에 앞장서는 아동 인권 단체 'Child Rescue Coalition'은 아동 형상 섹스돌을 가진 사람이 실제 아동에게 위험한 성적 관심을 표출할 가능성이 있으며, 불법 아동 성 착취물을 소지한 용의자의 집에서 아동 형상 섹스돌이 발견된 사례도 있다고 지적한다.

상하이 엑스포에 전시된 아동 형상 섹스돌. ©Liat Bar Stav

아동 형상 섹스돌에 대한 우려의 목소리가 높아지고 있는데도 관련 규제 법안은 미비하다. 2019년 8월 아동·청소년 형상 섹스돌의 제작 및 유통은 물론이고 소지까지 처벌하는 법안이 발의됐으나 20대 국회가 끝나면서 폐기되었고, 2021년 2월에도 유사한 내용의 법안이 다시 발의되었지만 국회 문턱을 넘을지는 미지수다.

섹스돌 판매업자들은 아동·청소년 형상의 섹스돌을 규제할 경우 아동·청소년 형상과 성인 형상의 경계가 뚜렷하지 않아 전체 시장을 사장시킬 수 있다고 주장한다. 나는 같은 이유로 아동·청소년과 성인의 구분을 두지 않는 전체 섹스돌에 대한 규제가 필요하다고 생각한다. 어디까지가 청소년의 몸이고 어디부터가 성인의 몸인가? 가슴이 작으면, 키가 작으면 청소년의 몸인가? 스무 살을 맞는 1월 1일에 청소년의 몸에서 성인의 몸으로 한순간에 탈바꿈하는 마법은 일어나지 않는다.

만약 기적처럼 청소년과 성인의 몸을 구분할 수 있는 기준이 생겨났다고 가정해보자. 그렇다고 해서 모든 문제가 해결되는가? '아동과 청소년이 성 상품화되어서는 안 된다'라는 사회적 합의는 왜 성인에게까지 확대될 수 없는가? 성인도 성 상품화로부터 보호받을 권리가 있고, 사회는 이 권리를 마땅히 보장해야 할 의무가 있다. 섹스돌 제작 기술의 고도화로 연예인이나 지인 등 원하는 얼굴의 주문 제작까지 가능할 만큼 인권 침해가 심각한 실상이지만, 이를 형사처벌 할 수 있는 규정은 없다.(초상권 침해를 들어 민사 손해배상 청구를 해볼 수 있는 수준이란다, 참나.) 섹스돌의 모사 대상이 되는 유해 환경으로부터 나를 보호할 선택지가 없는 상황이라면, 유해 환경 자체를 제거하는 것이 합당하다.

섹스돌의 사용은 '자기 욕구의 일방적 표현'이라는 위험하고 파괴적인 성적 인식을 불러올 것이다. '동의' 없이는 섹스를 논할 수 없어야 한다. 동의는 어떠한 강요나 억압 없이 자유의사로 결정되어야 하며, 결정하는 사안에 대한 정보가 투명하게 공개되어야 하고, 동의자가 무엇에 동의하는지 충분히 알 수 있을 인지능력이 확보된 상태에서 이루어져야 한다. 동의 없는 섹스는 강간이다. 섹스돌은 이러한 동의 과정을 건너뛰고 절제 없이 성욕을 분출하려는 폭력성의 표상이다.

남성들은 동의 과정을 돈으로 퉁치는 성매매가 아니라, 비뚤어진 강간욕을 해소할 여성 레플리카를 사용하는 것도 아니라, 여성을 동등한 인간으로 보고 제대로 소통하고 상호 동의하에 성관계를 맺는 법을 배워야 한다. 그게 그렇게 힘들게 느껴져 '남자로 살기 어려운 시대'라는 말이 하고 싶다면, 지나온 삶에서 자신의 소통 방식을 되돌아보길 정중히 요청한다. 동의를 받아 섹스하라는 말이 그렇게 불공평하게 느껴진단 말인가!

3장

여성과 섹스토이 산업, 그 불편한 관계의 역사

섹스토이 산업은 '여성 배제적'이다. 여성 전용 섹스토이숍을 운영하는 여성 대표로서 무슨 말이냐고? '섹스토이를 만들고 판매하고 사용하는 주체가 주로 남성이고, 따라서 업계의 생리가 남성 중심으로 돌아가고 있으며, 여성은 이들의 성적 판타지를 투사하고 실험하는 대상에 불과했다'라 이 말이다. '성인용품 트럭'에서부터 번화가 곳곳에 섹스토이숍들이 자리하기까지 업계 변천사를 면밀히 목격한 사람이라면 섹스토이 산업이 여성 배제적이었다는 데에 동의할 것이다. 요새는 다르지 않냐고? 아쉽게도 별반 다르지 않다. 내가 유포리아를 창업한 5년 전 무렵부터 여성 친화적 섹스토이숍들이 속속 등장하기 시작해 이젠 새로 오픈하는 숍 가운데 '여성 친화' 간판을 내걸지 않은 곳을 찾아보기 어렵다. 그럼에도 불구하고 나는 섹스토이 산업이 여전히 여성 배제적이라고 생각한다.

'성인용품점'의 남자 사장님들

대학생 때의 일이다. 동네에 큰 성인용품점이 생겼다는 소식에 친구와 함께 용기 내어 매장을 방문했다. 예상과는 다르게 매장은 낡은 건물 지하에 위치해 어둡고 침침했다. 관심 가는 제품들을 직접 만져보며 제품을 구경하는데, 사장님으로 추정되는 사람(매장 로고에 그려진 캐리커처랑 그분 얼굴이 똑같았다)이 이런 저런 말을 걸어왔다. 성인용품점에서 흔히 물어볼 수도 있는 질문이었지만, 어쩐지 뉘앙스가 불쾌했다. SM제품을 구경하는 내게 "아~ SM에도 관심이 있으신가 봐요?"라며 대화를 시작하더니 "그런 것도 써보셨어요?" 따위의 질문들을 던지자 이내 마음이 불편해졌다. 상품을 설명하기보다 내 개인의 성적 취향과 경험을 떠보려는 낌새였다. 친구와 나는 보던 제품을 내려놓고 서둘러 가게를 나왔다.

나와 같은 경험을 겪었거나 겪을까봐 우려하는 여성 고객들의 니즈를 공략해 최근 온라인을 중심으로 '여성 친화적' 토이 숍들이 우후죽순 생겨나고 있다. 환영할 만한 트렌드 같지만 사실 업계 내에서 보면 여성이 운영하는 온라인 쇼핑몰로 광고하면서도 실제 사장님은 남자고, 여성 모델만 앞세운 곳들이 심심찮게 눈에 띈다. '이색 데이트 공간'이라는 콘셉트로 젊은 커플들을 타깃으로 하는 오프라인숍들도 '남성 Only Zone'을 두는 경우가 많다. 여성의 출입을 제한한 이 공간에는 섹스돌이나 외설적인 패키지로 포장된 여성혐오적 제품들이 즐비하게 전시되어 있다.

덕후 문화의 성지로 꼽히는 아키하바라에 방문했다가 성인용품점의 노골적인 포스터와 영상 그리고 잘린 다리 들에 둘러싸여 당황했던 적도 있다. 이렇게 동강 낸 여성의 몸을 전시하는 곳이 여행의 필수 코스라니? 섹스토이 업계는 어쩌다 이런 게 당연한 산업이 되어버린 거야? 섹스토이 산업의 발전사를 훑어보며 불편함의 실체를 파헤쳐보자.

섹스토이 산업 발전사

먼 옛날, 원시시대 성생활용품 산업(?) 최초의 여성용 섹스토이는 여성이 만들어서 여성이 사용한, 그야말로 여성 주도적인 아이템이었을 것으로 추정해본다. 독일 튀빙겐대학교 고고학자 니콜라스 코나드(Nicholas Conard) 교수 연구팀은 2005년 홀레

펠스(Hohle Fels) 동굴에서 길이 20cm, 너비 3cm의 석재 음경을 발견했다. 누가 봐도 남성 생식기 모양인 이 유물의 추정 제작 연대는 무려 28,000여 년 전. 학자들은 이 '돌자지'가 종교적 의식을 치르거나 부싯돌을 두드리는 데 쓰였을 것이며, 어쩌면 성기구로 사용되었을 수 있다고 언급했다. 구석기시대까지 거슬러 올라가는 딜도의 역사 앞에서 우리 조상님들이 얼마나 오래전부터 셀프 케어에 진심이셨는지 한없이 숙연해질 따름이다. 구석기시대가 먹고살기 위한 물물교환만 이루어졌던 시기임을 감안하면 선사시대의 섹스토이들은 자가사용 목적으로 만들어진 게 아닐까? 최초의 섹스토이는 여성에 의한, 여성을 위한 쾌락의 산물이었(기를 간절히 바란)다!

섹스토이가 여성혐오의 옷을 입게 된 것은 1800년대 후반이라고 한다. 최초의 기계식 바이브레이터는 여성들의 '히스테리' 정신병을 치료하기 위한 의료기기였다. 당시 '히스테리'란 원인을 알 수 없는 다양한 증상을 '여성의 자궁이 움직여서 일어나는 것'이라고 멋대로 설명한 진단이었다. 대표적 증상으로 성욕이 감퇴하는 것과 성욕을 느끼는 것이 있었다.(도대체 어쩌라는 건지?) '히스테리'의 치료법으로 고안된 것이 오르가슴이었고, 오르가슴을 주기 위해 사용된 의료기기가 바이브레이터였다.

성욕을 느끼는 여성도, 성욕을 안 느끼는 여성도 치료 대상으로 규정하며 바이브레이터를 탄생시킨 여성혐오적 시각은 현대의 섹스토이 산업에서도 만연했다. 불과 5년 전까지만 해도 여성은 섹스토이의 '사용 대상'으로 여겨질 뿐이었다. 여성을 위한 제품마저도 남성이 파트너에게 사용하기 위해 구매하는 것이라는 인식이 지배적이었다. 이러한 인식으로 제품을 만들다 보니 여성용 섹스토이가 남성의 욕망을 반영하는 것은 당연한 일이었다. 인기 있는 제품 중 하나였던 싸구려 진동형 에그는 클리토리스 자극이 정석적인 사용법이지만, 여러 영상물의 영향으로 질에 삽입해 진동을 주는 것이 보편적인 사용법으로 알려져왔다. 생각해보면 탐폰만 한 것이 질 속에서 진동한다고 해서 '따르릉~ 보지에 전화 왔어요~' 말고는 특별한 감상을 느끼기 어려울 텐데 말이다.

플래시라이트가 달린 바이브레이터도 있다. 실제 사용자는 거울을 사용하지 않는 한 자신의 성기를 볼 수 없으므로 앞에서 지켜보고 있을 파트너의 관음적 욕구를 충족시키기 위한 제품일 것이다. 여성은 질보다 클리토리스로 오르가슴을 느끼기가 훨씬 쉽다는 점을 고려했을 때, 바이브레이터보다 삽입형 제품 위주로 여성용 섹스토이 시장이 발달했던 것도 여성용 섹스토이를 '성기 대체품' 정도로만 보는 남성적 시각이 반영된 결과다.

유럽에서 섹스토이 업계 종사자를 대상으로 발간되는 잡지

《EAN》 2015년 7월 호에는 그 수를 셀 수 없을 만큼 많은 여성용 섹스토이가 등장하지만 대부분은 삽입형 제품, 여성용 란제리, 성교 보조용품, BDSM 용품이며, 그중 온전히 클리토리스만 자극하도록 나온 바이브레이터는 총 148페이지를 탈탈 털어 손톱만치 아주 작게 나온 제품까지 다 합쳐도 10개가 채 되지 않았다.(이마저도 사실 샅샅이 뒤져서 6개가량 찾았지만 못 찾은 제품이 있을 수 있으니 넉넉하게 10개로 잡은 것이다.) 6년 전만 하더라도 바이브레이터의 위상이 지금에 사뭇 못 미치는, 반려가전 시장에서 클리토리스가 천대받던 시절의 모습을 목도할 수 있다.

클리토리스 복지사회를 향해

사실 여성들은 50여 년 전부터 클리토리스 복지를 위해 힘써왔다. 섹스토이라 부르지 못한 섹스토이와 함께 말이다. 역사상 가장 유명한 섹스토이이자 이 책의 첫 에피소드에 등장했던 바로 그 불한당 같은 전설의 반려가전, 히타치 매직 완드의 이야기다. 사실 히타치 매직 완드는 1968년에 안마기로 출시되었다. 그냥 강력한 마사지기 중 하나로 남을 뻔했던 매직 완드는 의도치 않은 의외의 쓰임이 알려지면서 반세기 넘는 여성 성해방 역사에 한 획을 긋게 된다.

성 해방 운동가이자 성교육 강사였던 베티 도드슨(Betty Dodson)이 히타치 매직 완드를 사용한 자위법을 설파하면서 매직 완드는 자위 기구로 위용을 떨치기 시작했다. 여성들이 자신의 쾌락을 스스로 누리고자 세상을 비틀고 나선 위대한 순간이었다. 베티의 자위 강의를 들은 수강생이 미국 최초의 페미니스트 섹스토이숍을 열기도 했다. 매직 완드가 섹스토이로 유명해지자 전기전자제품 기업이었던 히타치는 자신들의 브랜드 이미지가 왜곡될까봐 유통을 잠시 중단하기도 했지만, 글로벌 베스트셀러 섹스토이 매직 완드의 판매가 재개되기까지는 오랜 시간도, 구차한 이유도 필요하지 않았다.

히타치 매직 완드는 1970년대 초반부터 지금껏 반백 년간 섹스토이 세계 최강자 자리를 지켜오고 있다. 오랫동안 우리의 클리토리스 곁을 지켜준 매직 완드가 새삼 고마우면서도, 한편으로는 약 3만 년에 달하는 그 오랜 섹스토이의 역사 가운데 여성을 만족시킨 제품은 뜬금없게도 안마기였다는 사실이 토이 산업의 여성 배제적 성격을 그대로 반영하고 있는 듯해 씁쓸하다.

약 5년 전부터는 여성용 섹스토이도 '남자 성기 대체품'으로 보는 시각에서 탈피해 다양한 디자인과 기능으로 출시되기 시작했다. '안마기' 이름표를 달고 나온 바이브레이터나 자지를 닮은 딜도에서 벗어나 당당히 제 용도와 제 이름을 되찾은 바이브레이터, 자지를 닮지 않은 딜도가 등장했다. 디자인에 신경 쓴 토이들이 나오는 한편, '이게 바로 21세기다!'라고 외치는 듯한 최첨단 토이들도 모습을 드러냈다. 매직 완드를 이어 새로운 베스트셀러 토이로 부상한 석션형 제품이 2013년에 개발되었고, 피스톤형, 국소자극형, 블루투스 토이 등도 출현한 지 오래되지 않았다.

여성용 섹스토이 시장의 이러한 흐름은 남성용 제품 변화 양상과 비교해보자면 환영할 만한 일이지만, 나는 여전히 만족스럽지 않다. 여성을 바라보는 섹스토이 업계의 관점이 '사용 대상'에서 '소비자'로 단순히 옮겨가는 데 그쳐, 여성 소비자의 지갑을 열기 위해 디자인과 기능을 다양화했을 뿐이기 때문이다. 생산·유통업체 종사자의 성비를 보면 따질 것도 없이 여전히 섹스토이 업계는 남성 중심적이다. 제조사·도매사 대부분이 남성 대표와 남성 임원으로 구성되어 있으며, 소매 단계에서도 여성의 참여가 부족하다. 만들고 파는 사람이 바뀌지 않는 이상 여성 배재적 환경이 개선되었다고 기뻐할 수는 없는 일이다.

내 직업을 공개했을 때 많이 듣는 말 중 하나는 "틈새시장에 잘 뛰어드셨네요"다. 이 말의 사실 여부는 둘째치고서라도, 그렇게 돈 잘 번다는 틈새시장에 왜 여성은 이토록 찾아보기 어려운 걸까? 나는 섹스토이 업계에서 더 많은 여성을 만나고 싶다. 소비자로서뿐 아니라 동료이자 경쟁자인 소매사 대표님으로, 도매업체 대표님으로, 파트너인 제조사 대표님으로 여성들을 더 많이, 더 자주 그리고 마침내는 지극히 당연한 일로 여기며 뵙고 싶다.

4장

무책임한 국가, 무방비한 안전

어찌 보면 섹스토이는 다른 물건보다 쉽게 수입할 수 있다. 규제가 불분명한 품목이기 때문이다. 무역 거래에서의 상품 분류 체계인 HS코드에 성생활용품을 다루는 명확한 카테고리가 없어 여러 규제에서 예외 대상이 되는 경우가 많다. 제품을 수입하며 각종 규제에 대응해야 하는 판매자 입장에서는 규제가 적을수록 신경 쓸 것이 적고 비용도 절약되니 일견 좋은 일인 것처럼 보인다.

수입뿐 아니라 섹스토이를 판매하는 일도 상황은 비슷하다. 특별한 분류 없이 그저 공산품으로 유통되면서 담당 부처도 정해져 있지 않아 성생활용품에 대한 표준 및 규제 또한 중구난방이다. 먼저 여성가족부에서는 아래 다섯 종의 성 기구를 '청소년 유해물건'으로 지정했다.

· 남성용 성기 확대 기구류: 진공 남성 성기확대기 등
· 남성용 성기 단련 기구류: 남성 성기 착용 링 제품 등
· 남성용 여성 성기 자극 기구류: 요철식 특수 콘돔 등
· 남성용 자위행위 기구류: 컵 모형의 1회용 자위행위 기구 등
· 여성용 자위행위 기구류: 모터 부착식 남성 성기 모형 자위행위 기구 등*

그리고 이 성 기구들이 인터넷을 포함한 미디어를 통해 노출되는 사안에 관해서는 방송통신위원회에서 관할한다. 19세 미만에게 섹스토이를 판매하는 행위 전반에 대해서는 아동청소년보호법에 따라 경/검찰에서 다루고 있으며, 미성년자에게 주류를 판매하는 것과 비슷하게 위반 업소에 영업정지 등의 처분이 내려질 수 있다. 이 밖에도 교육환경보호법에 따라 학교 주변 200m 안에는 성인용품점이 들어설 수 없다.

보면 알겠지만, 그냥 '청소년을 이런 해로운 물건으로부터 보호해야 해!'라는 취지의 조항이지, 섹스토이에 대한 정의, 관련 생산자와 종사자가 준수해야 할 최소한의 가이드라인, 사용자

* 여성가족부 고시 제2013-51호, "청소년유해물건(성기구) 및 청소년 출입·고용금지업소 결정 고시", 청소년보호환경과(2013. 8. 13.)

를 보호하기 위한 안전 규정 등은 찾아볼 수 없다. 이런 상황이니 섹스토이를 만들고 판매하는 사업 일선에서는 혼란스러운 상황을 자주 마주한다. 대표적인 예가 카드 결제다.

카드 결제 여부는 그날의 운수에 따라

섹스토이 판매업체들은 카드 결제를 받기가 쉽지 않다. 여신법에서 '사행 행위 등 건전한 국민생활을 저해하고 선량한 풍속을 해치는 행위'에 대해 카드사가 결제를 대행하는 것을 금지하고 있기 때문이다.

이 얼마나 애매모호한 문장인가? '건전한 국민생활을 저해하고 선량한 풍속을 해치는 행위'라니. 저출생 시대에 건강한 성생활이야말로 '선량하고 건전한' 일 아닐까? 어쨌든 이 모호한 문장을 두고 가입 심사를 진행하는 카드사마다 해석이 분분하고, 같은 카드사 내에서도 심사를 진행하는 사람에 따라 달리 해석하기도 한다. 그래서 무통장입금만 받는 쇼핑몰도 혹은 일부 카드사의 결제만 받는 쇼핑몰도 있다. 유포리아는 원래 BC카드 결제를 받을 수 없었지만, 법인으로 회사를 전환하며 새로운 결제대행사에 가입했더니 운 좋게도 모든 카드사 결제를 받을 수 있게 됐다. 운이 좋고 나쁘고에 따라 카드 결제 가능 여부가 결정되기 때문에, 이 업계에서는 카드사 심사 전 그날의 운수를 점쳐보는 신비한 광경이 펼쳐지곤 한다.

카드 결제가 안 되는 쇼핑몰이라니, 말이 되는가! 고객 편의와 매출이 직결되는 쇼핑몰에서 카드 결제가 제대로 되지 않는다는 것은 매출에 직접적인 악영향을 미칠 수밖에 없다. 반면에 옥션, G마켓 등 오픈 마켓에서 판매되는 섹스토이들은 오픈 마켓의 결제 시스템을 통해 모든 카드사 결제는 물론, 온갖 간편결제를 이용해 편리하게 결제할 수 있다. 직접 운영하는 소규모 쇼핑몰에만 주어지는 불평등한 규제다.

'카드 결제가 전면 허가돼서 더 쉽게 많이 팔고 싶다!'고 이야기하고자 함이 아니다. 모호한 문장 하나 떡 던져놓고 수수방관만 하는 당국의 태도 탓에 규제와 판단이 오롯이 민간의 몫으로 넘어갔다. 섹스돌 문제도 마찬가지다. 현재 섹스돌을 규제하는 국가기관은 관세청뿐이다. 관련 기준을 세워야 할 법무부는 '다각도로 검토'만 하고, 국회는 법안 발의 후 계류만 쳇바퀴처럼 반복하니 섹스돌을 둘러싼 혼란만 가중되고 있다. 그나마 관세청도 수출입 제품의 통관에만 관여하므로, 국내 생산 섹스돌에 대해서는 규제할 방법이 없다. 국산 섹스돌은 판매 가능하고, 수입 섹스돌은 판매 불가능한 홍선대원군 쇄국정책식 섹스돌 사태(?)가 벌어지고 만 것이다.

몰려오는 섹스돌 심사 요청에 지친 인천 세관이 인체를 닮지 않은 토이들에 대해서는 심사를 폐지하고, 인체를 닮은 제품에 대해서만 심사하기로 했다는 소식도 들려온다. 이는 모든 섹스토이를 심사하느라 분산된 에너지를 인체 모형 제품 심사에 집중하겠다는 뜻으로 보인다. 비인체 모형 토이를 판매하는 유포리아가 반길 만한 소식 같겠지만, 사실 걱정과 우려가 앞선다. 섹스토이 심사기준이 '미풍양속'에만 국한되다 보니 무엇보다 중요한 안전성은 전혀 고려되지 않기 때문이다.

안전에 관한 정보까지 은밀할 필요는 없잖아요

섹스토이야말로 수입이 쉬워서는 안 되는 품목이다. 인체에 직접 닿는 제품이므로 최소한의 안전성 검증이 반드시 필요하다. 하지만 섹스토이가 무엇인지에 대한 정의조차 없는 지금으로서는 섹스토이 성분에 대한 규제 또한 전무하다. 환경호르몬 물질이자 발암물질인 프탈레이트 가소제를 사용한 PVC 소재 제품이 버젓이 유통되고 있다. 우리나라는 어린이용품과 소수의 생활용품에 한해서만 프탈레이트 규제를 하기 때문이다. 프탈레이트는 내분비계 교란을 유발해 간·신장의 손상을 초래할 수 있고, 여성 불임 등 생식기능에도 영향을 미친다. 섹스토이는 생식기에 맞대고 사용하는 제품인 만큼 성분 규제가 무엇보다 시급함에도 현실은 모두 나몰라라식 태도로 일관하고 있다.

섹스토이에 처음 입문했을 당시, 나는 돈 한 푼 없는 가난한 인턴이었던지라 기능과 가격, 딱 이 두 가지만 보고 제품을 선택했다. 싼값에 오르가슴을 경험할 수만 있다면 뭐든 상관없다는 주의였다. 안전 따위는 생각조차 못했기에 주머니 사정을 고려해 되도록 기능이 다양하고 디자인이 예쁜 제품을 찾는 것만이 목표였지, 성분 확인에는 소홀했다.

나름대로 이 기능 저 기능 다 써보겠다고 없는 돈 탈탈 털어 고른 세 가지 제품은 물에 닿자마자 사망했던 투명한 래빗 바이브레이터, 이상한 냄새가 났던 성기 모양 흡착식 딜도, LR44 시계 배터리를 사용했던 불렛 바이브레이터였다.(이 책 맨 첫 에피소드에 등장했던 그 친구들 맞다.) 지금 생각해보면 앞의 두 제품은 PVC, 마지막 제품은 ABS 플라스틱으로 만들어진 제품이었을 것이다. ABS 플라스틱은 섭씨 80도 이상의 고온에 장시간 노출되지만 않는다면 안전하지만, PVC의 경우 프탈레이트 가소제로 제품을 말랑말랑하게 가공했을 가능성이 높다.

PVC가 무엇인지 알았다면, 저 제품들이 PVC 소재라는 것을 알았다면 과연 내가 구매했을까? PVC는 저렴하고, 제품의 색상과 촉감을 아름답고 부드럽게 만들 수 있다. 하지만 그 부드러운 촉감의 비결은 프탈레이트다. 이런 유해물질이 들어간 제품임을 알았다면, 내 소중한 성기에 사용하는 일은 결코 없었을 것이다.

내가 사업을 시작할 무렵 우리나라에는 성분 정보를 표기한 시판 제품이 거의 없다시피 했다. 국내에서는 관련 논의가 일절 이루어지지 않았기에 소재와 성분에 관한 모든 지식을 미국의 커뮤니티들을 돌아다니며 독학으로 공부해야 했다. 다행히도 그곳에서 제품의 외관을 보고 소재를 구분하는 방법, 촉감으로 구분하는 방법, 어떤 소재가 안전하고 어떤 소재가 안전하지 않은지 등 섹스토이숍 운영자로서 꼭 알아야 할 귀중한 정보를 얻을 수 있었다. 이마저도 영어를 못했다면 검색해보지도 못했을 것이고, 알 수도 없었을 것이다.

사실 지금도 어떤 소재가 안전한지 어떤 소재를 피해야 하는지 정확히 공개하고, 안전한 제품만 판매하는 곳은 그리 많지 않다. 비교적 안전한 소재인 실리콘 제품으로 홍보하면서 실리콘이 아닌 소재의 제품을 판매하는 경우도 있다. 제품이 어떤 소재로 만들어졌는지 알 수 없고, 고지된 소재를 신뢰할 수도 없다면 소비자들은 러시안룰렛 하듯 자신의 건강을 운에 맡긴 채 제품을 선택할 수밖에 없다.

종종 다른 쇼핑몰에서 실리콘 소재라고 소개된 제품의 사진을 공유하며 이 제품이 정말 실리콘이 맞느냐고 유포리아에 문의하는 고객님들도 있다. 사실 사진만 보고도 실리콘인지 아닌지를 얼추 파악할 수 있지만, 직접 손에 쥐고 소재 감별을 실시하지 못한 채 한정된 정보만으로 소재를 단정지어 이야기했다가 수습하지 못할 분란을 일으킬 수도 있기에 고객님에게 두루뭉술한 대답을 할 수밖에 없게 된다. 이런 문의가 들어올 때면 '우리 업계 이래도 괜찮은 걸까?' 하는 한탄이 밀려온다. 얼핏 봐도 실리콘이 아닌 제품, 어떤 가소제로 가공되었는지 알 수 없는 제품이 시장에 유통되고 있는 게 현실이다. 언젠가는 책임 소재와 인과관계를 파악할 수 없는 여성 건강 이슈가 쓰나미처럼 터져 나올 것이라는 확신에 가까운 추측이 등골을 서늘하게 한다.

우리 모두의 안전을 위해 성분 정보는 명명백백히 투명하게 제공되어야 한다. 부디 입법기관은 생식기관에 사용하는 제품에 대한 성분 제한 및 의무 표기 법안을 하루빨리 만들어주길 바란다. '건전한 국민생활을 저해하고 선량한 풍속을 해치는 행위' 말고, 소비자들이 무엇을 피하고 무엇을 선택하면 되는지 또렷이 인지하고 판단할 수 있는 명확한 법문을 마련해야 한다. 지금 이 순간에도 어느 음습한 성인용품점에서는 러시안룰렛이 벌어지고 있다.

5장

20대-여성-동양인을 향한 혐오 범벅 종합 세트

창업 첫 해는 정신없이 얼렁뚱땅 흘러갔다. 작은 하숙방에서 물건 팔기에 바빠 업계 소식은 물론이고 다른 사람들은 어떻게 사는지도 모른 채 시간이 쏜살같이 지나갔다. 둘째 해부터 학교를 졸업하고 장사에 올인하게 되면서 드디어 사업다운 사업을 시작했다. 명함을 만들어 업계 사람들을 만나보기도 하고, 엑스포에 참석해 산업 동향을 파악하고 신제품들을 체험해보며 파트너사 네트워킹을 하기도 했다.

스물세 살에 조그맣게 시작했던 반려가전 사업을 스물다섯 살에 도매업으로 확장하면서 나와 내 사업은 변곡점을 맞이했다. 이왕 제품을 수입하는 것 다른 업체를 상대로도 제품을 공급해 수입 물량을 늘린다면 고객 대상으로만 했을 때는 수요가 적어 취급하지 못했던 제품들도 들여올 수 있게 되고 가격 경쟁력도 확보할 수 있겠다는 기대감에 시작한 도매였다. 하지만 도매업체를 운영하는 일은 생각보다 훨씬 어려웠다.

B2B 영업은 그냥 물건을 수입해다가 파는 일이 아니었다. 다양한 이해관계 속에서 중심을 잡고 의견을 조율하고 협상하는 일이었으며, 제조사와 경쟁 수입사, 대형 유통사, B2B 회원사, 소매 고객들 사이를 끊임없이 오가며 때로는 어느 하나를 위해 다른 것을 포기하는 결정을 내리는 일이기도 했다. 짧은 인턴 경력 외에는 사회 경험이 전혀 없었던 내가 무턱대고 덤빌 만한 일이 아니었다. 나는 성인이지만 어른은 아니었고 경험 부족에 미숙하기만 한 내가 노련한 어른들 사이에서 소통하는 일은 쉽지 않았다. 그런 어른들에게도 어딘가 어설픈 나를 대등한 비즈니스 관계로 상대하기가 쉬운 일은 아니었을 것이다.

…라는 마음으로 너그러이 넘어가려 했음에도! 지금까지도 도저히 이해할 수 없고 분을 삭일 수 없는 일들이 명절용 종합선물 세트급이었다. 게다가 한국을 벗어나서 동양인이라는 소수자성까지 더해지면 '어린 동양 여자애'가 받는 취급은 분하다 못해 황당하기까지 했다. 만약 내가 남자였다면 '패기 있는 청년 창업가' 정도로는 봐주지 않았을까 하는 마음도 든다.

서열 정리 문화

가장 처음 경험한 어이 상실 모먼트는 서열 정리였다. 여중-여고-여대를 나와 창업한 뒤에도 여성 구성원들과만 지내온 나는 남자들의 은근한 서열 문화를 접해본 적이 없었다. 그러다 B2B 사업에 나서면서 다양한 사람들을 만나다 보니 본의 아니게 남자들의 서열 싸움을 구경하기도 하고 그 대상이 되기도 했다. 처음에는 경험이 없어 어리둥절했지만 비슷한 일이 여러 번 반복되자 눈치 없는 나도 서열 정리의 순간을 알아채게 되었다. 마운팅이라고 했던가? 처음에는 상호 공손하기 그지없던 사람들의 말이 점점 짧아지고, 간을 보며 서열을 가늠하고 끝내 서로의 우위를 점하고자 하는 것이다.

처음에는 주어를 '저'에서 '나'로 바꾸는 것으로 시작한다. 그러다가 해볼 만한 것 같으면 어미를 생략하고 말을 얼버무린다. 예를 들면 '제가 ~를 발주했는데 언제쯤 도착할까요?'에서 '내가 ~를 발주했는데, 언제쯤 도착할까요?'로 바뀌고, 그게 다시 '내가 ~를 발주했는데, 언제쯤 도착할지 모르겠네…'로 진화하는 것이다.

이걸 그냥 놔두면 마침내 반말을 하는 단계에 들어선다. 처음에는 이런 서열 싸움의 언어를 이해하지 못하고 있다가 갑작스러운 반말에 당황했었다. 유교걸의 문화가 체득되어 친하지 않은 사람에게는 도저히 반말을 할 수 없는 나였지만, 느닷없는 반말 시전 수련을 다년간 받고 나니 이젠 불편한 마음을 한구석에 꾸욱 눌러놓은 채 상대방의 말투를 그대로 따라 해 돌려주는 법을 익혔다. 그럼 느슨해진 예의가 금세 다시 돌아오는 것을 발견할 수 있다. 신기한 일이다.

안 사장, 커피 한 잔 주세요

'젊은 여성'을 향한 경멸 어린 시선은 예사였다. 업계의 꼬꼬마였던 내가 대형 제조사들과의 수입 계약을 연달아 성사시키자 제조사 사장들과 모종의 관계에 있다는 소문이 돌고 돌아 나에게까지 흘러 들어오기도 했다.

사업체 대표 간의 미팅 중에 커피 셔틀이 된 적도 많았다. 사무실에 방문하는 손님에게 마실 것을 대접하는 일은 어쩌면 당연한 매너지만, 젊은 여성을 콕 찝어 커피를 요구하는 묘한 뉘앙스는 경험해본 사람만이 알 수 있다. 캔음료나 차를 대접하는 일은 아무렇지 않았지만 '사무실의 젊은 여성'과 커피에 얽힌 클리셰 때문인지 어쩐지 커피를 타주는 것만은 내키지 않았고, 나는 마시지도 않는 커피를 방문객에게 꼬박꼬박 대접하는 게 은근히 굴욕적이었다. "안 사장, 커피 한 잔 주세요" 같은 너무나 당연하다는 듯한 커피 요구를 듣고 있자면 나의 거부감도 쑥쑥 자랐다. 커피 믹스를 숨겨두고 사무실에 커피가 아예 없는 척하기도 하고, 손님이 올 때면 직원들이 나를 '어이구~ 어이구~ 우리 대표님'이라며 오버하면서 대접해주기도 했다. 이러한 인위적인 방법을 쓴 뒤에야 "안 사장, 커피 한 잔 주세요"가 자취를 감췄고, 커피 믹스도 다시 서랍 밖으로 나올 수 있었다.

창녀-성녀 프레임

여성 소비자의 입지가 커지며 상황이 나아지고는 있지만, 아직도 섹스토이 시장은 여성 착취적이다. 외국의 엑스포에서는 수많은 여성의 성이 다양한 방식으로 대상화되고 전시되는 현장을 목격하게 되는데, 그 틈에서 애써 진지하게 비즈니스를 하고 있자면 '여긴 어디? 나는 누구?'의 순간이 찾아오곤 한다.

여성의 몸을 닮은 풍선 인형들과 섹스돌들이 전람되어 있고, 내 또래의 여성들이 헐벗은 채 호객하는 앞에서 노련한 사업가들을 상대로 유포리아라는 사업체를 어필해야 했다. 그런 환경에서 몇 시간만 있다 보면 마음속에 숱한 질문이 오가는데, 나는 '저런 여자'가 아니라는 방어 심리, 과연 '저런 여자'는 어떤 여자인가 하는 의문, 나를 '저런 여자'와 구분 짓는 것은 무엇인가 하는 고민, 나를 '저런 여자'로 보이지 않게 하기 위해 몇 겹 더 걸친 옷에 숨은 채 느끼는 비겁하고 알량한 안도감 같은 것들이었다. 어느 순간 여성을 '창녀'와 '성녀'로 나누고 저울질하는 고루한 인식 체계를 답습하고 있는 나를 발견하고는 짙은 실망감을 느낄 때도 있었다.

비즈니스 미팅을 위해 베를린 Venus 엑스포에 참석했을 때의 일이다. 미팅룸이자 VIP 휴게실로 이동하는 동안 목격한 엑스포 장은 당혹스러운 장면으로 가득했다. 노출이 심한 옷차림을 한 여성들이 5유로라고 적힌 팻말(5유로를 내면 프라이빗 부스에 들어가서 가슴을 만지게 해준다는 것 같았다)을 들고서 내 비즈니스 파트너를 향해 손짓했다. 한편에서는 실제 여성을 대상으로 한 딜도 시연이 한창이었다. 한 여성 포르노 배우가 다른 여성 배우의 성기에 딜도를 욱여넣는 장면을 보기 위해 수십 명의 남성이 부스를 둘러싸고 있었고, 대포 카메라로 사진을 찍는 사람들도 여럿이었다. 미팅룸으로 가는 길에 지나친 여성들이 내게 이렇게 속삭이는 듯한 착각이 들었다. "왜 너는 거기서 점잖은 척해? 너도 나랑 똑같은 여자잖아."

나는 '얕보이지' 않으려는 마음에 더욱 딱딱하게 차려입고 미팅에 참석했다. 미팅은 성공적으로 끝났지만 그 후에도 한참 VIP 휴게실에 머물며 오가는 사람들을 지켜봤다. 그곳은 나와

SEXY
SHOW
VISITOR
SALE

같은 바이어들 외에 포르노 배우와 비싼 VIP 티켓을 구매한 일반 소비자들이 출입할 수 있었다. 일반 소비자들이 VIP 티켓을 구매하는 가장 큰 목적은 VIP 휴게실에서 포르노 배우들에게 치근덕대기 위함이었다. 포르노 배우들은 휴식을 위해 찾은 휴게실에서도 상품으로 팔려 나가고 있었다. 수시로 말을 걸어오는 남성들에게 억지웃음을 지으며 상대해주는 그들을 보면서, 나는 마치 갑옷 역할을 해주는 듯한 내 정장 차림에 얄팍한 안도감을 느꼈다. 그곳에서 포르노 배우와 나의 차이는 딱 옷 한 겹에 불과했다.

엑스포는 여성을 바라보는 남자들의 시선을 단적으로 축소해놓은 작은 세계였다. 남자들이 정해놓은 '창녀'와 '성녀'의 구분 사이를 아슬아슬 줄타기하며 살아가는 것은 엑스포나 외부 세계나 마찬가지였다. 때로는 입술의 색깔이, 옷 한 겹의 차이가 같은 여자를 '창녀'로도 '성녀'로도 만들어낸다. 엑스포에서 나는 '창녀'로 보이지 않기 위해 갖은 애를 써야 했다. 그래서 나는 '창녀'가 되지 않을 수 있었을까? 아니다.

비즈니스 일정을 마치고, 행사 둘째 날 가벼운 복장과 가벼운 마음으로 엑스포를 둘러보던 중, 귀에서 반짝반짝 빛이 나는 토끼 머리띠를 나눠주는 부스가 눈에 들어왔다. 바이브레이팅 체어를 파는 한 제조사의 부스였는데, 토끼 머리띠를 배부하며 일반 소비자들을 대상으로 제품을 홍보하고 있었다. 나는 제조사들과의 미팅에서 늘 하듯이 명함을 내밀며 제품 소개를 듣고 토끼 귀도 얻어갈 생각이었다. 하지만 상황은 내 생각과 다르게 흘러갔다.

부스 앞에서 얼쩡거리던 내게 제조사 관계자가 바이브레이팅 체어에 앉을 것을 계속 강권했다. 거절 의사를 내비쳤지만, 부스 주변에 몰려 있던 남자 관람객들까지 가세하자 순식간에 빠져나가기 어려운 분위기가 만들어졌다. 나는 이 제품을 시용하려는 관람객이 아니라 제조사와 네트워크를 구축하고자 부스를 방문한 바이어라고 아무리 말해도 그들은 들리지 않는다는 듯이 행동했다. 제조사와 스몰토크를 하고 명함을 교환하며 귀여운 토끼 귀를 가지고 싶었을 뿐인데, 십수 명이 보는 앞에서 말안장같이 생긴 섹스토이에 앉아야 하는 상황에 몰린 것이다. 결국 나는 분위기에 떠밀려 바이브레이팅 체어에 앉아 억지로 제품을 시연하고 말았다. 그렇게 얻은 두 쌍의 토끼귀는 상처뿐인 기억으로 남았다.

돌이켜보면 정장을 입고 있을 때는 '한국에서 온 대단한 여성 사업가', '한국 섹스토이 시장의 판도를 바꿔놓은 여성'이라며 부담스러우리만치 과하게 추켜세워졌다. 그리고 같은 자리에서 정장 자켓 한 겹 벗었을 뿐인데 곧장 나는 남성 관람객들을 위한 바이브레이터 시연자가 되어야 했다. 옷 한 겹에 결정되는 '창녀'와 '성녀'의 구분. '성녀'가 되었다가 '창녀'가 되기도 하면서 나는 '창녀'로 보이지 않고자 의지했던 '정장 차림'의 무의미함을 깨달았다. 중요한 것은 '과연 이 구분은 누가 만들고, 이 문화에서 이익을 보는 사람은 누구인가?'라는 질문이었다. 이런 구분에서 자유로운 것은 오직 남자뿐이다. 남자만이 여성을 평가하고 저울질하며 '성녀'의 헌신과 '창녀'의 성을 착취하고 있다.

동양인 여성을 향한 멸시와 무지

독일 eroFame 엑스포에 참여했을 때의 일이다. 디자인이 멋져 평소 눈여겨보던 브랜드의 부스를 발견해 반가운 마음으로 다가가 인사를 건넸다. 그런데 부스 관계자가 대뜸 이렇게 말했다.

> We don't sell to Chinese people.
>
> (중국인한테는 안 팔아.)

응? 뭐라고? 순간 벙쪄서 "나는 한국인이야"라고 다급히 응수했다. 지금이라면 그게 무슨 뜻이냐며 한바탕 설전을 벌였을 테지만, 그때는 당황한 나머지 별다른 대응을 하지 못했다. 내 얼굴에 국적이라도 써 있다는 말인가? 나의 외양만 보고 동양 국적 사람일 것이라고 판단한 점도, 수많은 동양 국가가 있음에도 중국인이라고 속단한 점도, 그리고 중국인에게는 물건을 팔지 않겠다고 한 점도 모두 모욕적이었다.

알고 보니 그는 비즈니스를 예의 없게 하기로 유명한 사람이었다. 인종차별주의자인 데다 정당하지 않은 비즈니스 행위로 이미 악명 높았다. 하지만 내가 겪은 일은 그저 이 사람이 나쁜 사람이라서 겪은 유별난 사례가 아니었다. 젊은 동양인 여성으로서의 비즈니스는 언제나 혐오 대상 또는 투명인간이 되는 순간들의 연속이었다.

언젠가 유럽에 사는 남사친과 eroFame에 함께 참석한 적이 있었다. 충격적인 경험이었다. 그 친구가 당혹할 정도로 모든 관심이 그 친구에게만 집중되었기 때문이다. 바이어는 나고, 친구는 그저 따라 놀러 온 관람객이었을 뿐인데도 둘이서 부스를 방문하면 시선을 끄는 것도 질문을 받는 것도 모두 그 친구였다. 내가 명함을 건네도, 모든 질문에 내가 대답해도, 내가 대화를 주도해나가도 관심을 받는 쪽은 그 친구였다. 친구는 명함조차 없었는데도 바이어 대우를 받았고, 나는 친구의 비서나 실무자 정도로 취급되었다. 극히 일부의 부스만이 내게 관심을 보이고 말상대가 되어주었다. 동양인 여성은 누군가의 조력자에 불과할 것이라는 편견을 여실히 체감한 순간이었다.

한국에 대해 무지한 사람에게 황당한 질문을 받은 적도 있다. 내가 수입하는 제품의 남자 모델인 유명 포르노 스타와 만났을 때다. 그는 처음에는 내가 도매사 사장이라는 사실을 못 믿겠다는 듯 꼬치꼬치 캐묻더니, 곧 북한에 관한 질문을 건네기 시작했다. 북한에도 물건을 파는지 물어보다가 북한에 팔면 좋은 비즈니스가 될 것 같은데 왜 팔지 않는지, 왜 팔 수 없다는 건지 집요하게 물어봤다. 처음 만나는 셀럽(?)에게 흥분한 것도 잠시, 그의 무식한 질문들에 깊은 실망감만 남고 말았다. 남한에서 온 도매사 사장에게 북한 시장에 관해 묻다니, 이렇게까지 모를 수 있나 싶은 무지함도 놀라웠지만 상대방에 관한 무지를 너무나 당연하다는 듯 드러내는 배려 없는 태도도 어처구니없었다. 그의 태도야말로 전형적인 '백인식' 무지함 아니겠는가?

약은 왜 찾으세요?

나는 섹스토이 판매하는 일을 업으로 삼고 있다. 엄밀히 말하자면 섹스토이만 파는 것은 아니다. 더 파는 것이 있다면 마사지 젤과 콘돔 그리고 BDSM 용품과 위생용품 정도? 다른 업체에서는 커플들을 위한 게임이나 잡동사니 장난감 혹은 란제리를 팔기도 한다. 섹스토이숍에서 통상적으로 판매되는 제품은 이 정도다.

그런데 가끔 섹스토이숍에서 취급할 수 없는 제품을 찾는 사람들이 있다. 코엑스에서 열린 스타트업 행사에 참여해 부스를 냈을 때의 일이다. 최선을 다해 유포리아와 제품을 홍보하고 있었는데, 60대쯤 되어 보이는 한 남성이 불쑥 들어와 "약 없어? 약?"이라고 물어보고는 우리가 당황한 사이 나가버렸다. "그런 건 없어요"라고 대답하기는 했지만, 한동안 멍하니 왜 약을 찾는 사람이 있는지 이유를 고민해야만 했다.

섹스토이숍에서 찾는 '약'이라 함은 보통 둘 중 하나다. 발기부전 치료제 아니면 '여자를 뽕 가게 한다'는 최음제. 섹스토이숍은 약국이 아니기에 의약품을 팔 수 없으며, 그에 앞서 최음제 사용은 향정신성의약품을 이용해 피해자를 강간함으로써 돌이킬 수 없는 신체적·정신적 피해를 가하는 강력범죄다.

정말 궁금하다. 왜 성인용품점에서 약을 찾는 사람들이 있는 걸까? 업계 후문으로는 분홍 간판에 음침한 분위기를 풍기는 성인용품점의 주 수입원은 사실 토이가 아닌 약이라는 말이 있다. 약을 파는 게 사실이라면, 성생활용품 업계의 이미지가 부정적인 것도 이해가 간다. 불법 약품을 파는 일을 주 수입원으로 삼아

연명하는 업계를 누가 좋게 볼 수 있을까? 섹스토이숍을 둘러싼 세간의 부정적 인식을 깨고 싶은 사람으로서 무엇보다 업계의 자정 노력이 절실함을 뼈저리게 느낀다.

그리고 다시금 추궁하게 된다. 불법 약품을 파는 업주들과 불법 약품을 사는 고객들이 여성의 존재를 어떻게 인식하고 있는지를. '여성이 자발적으로 성관계에 나서도록 만든다'는 불법 약품의 근거 없는 환상을 맹신하는 일보다 상대방의 동의를 얻는 일이 그렇게나 어려운지를.

6장

응, 안 돼, 돌아가.
'빻은' 세상에 대처하는 우리의 자세

빻다[빠:타]

[동사] 물기가 없는 것을 짓찧어서 가루로 만들다.

'빻다'의 과거형 '빻았다'라는 표현은 사람의 외모를 비하하는 말로 퍼지다가 최근에는 사상이나 생각이 그릇된 사람 또는 그러한 경우를 칭할 때 사용된다. 유포리아 초창기만 해도 여성의 자위를 남성의 볼거리나 헤테로 섹스의 곁가지로 여기는 '빻은' 인식이 지금보다 훨씬 지배적이었다. 당시 여성용 성생활용품이란 헤테로 섹스 시 여성에 대한 남성의 지배력을 강화하는 도구에 불과했다. 그때부터 지금까지 유포리아의 사명은 셀프케어로서 자위의 가치를 전파하고, 여성의 성에 대한 편견 그리고 불평등과 싸우는 것이다. 여성들이 즐겁고 기쁜 마음으로 안심하고 제품을 살펴보고 구매하여 삶의 질을 높일 수 있도록 돕는 것이 우리의 역할이라 믿는다.

성생활용품을 둘러싼 제약과 편견, 부정적 인식이 만연한 현실에서 이런 신념을 지켜가며 회사를 운영하는 일이 쉽지만은 않다. 신념을 지킨다는 것은 뻔히 보이는 돈 되는 길을 마다하며 에둘러 가는 일이기도 하고, 유망한 광고 기회를 외면하는 일이기도 하다. '빻았지만 돈이 되는' 지름길을 돌아갈 때마다 '그래서 운영이 되겠냐'는 주변의 걱정이 따라붙었다. 하지만 유포리아를 아끼고 응원해주신 많은 분들 덕에 유포리아는 무사히 살아남을 수 있었다.

새티스파이어 가격 담합 요구

새티스파이어를 본사 공장에서 정식으로 수입하게 된 유포리아!(1부 3장 참조) 유통과정이 한 단계 줄어 구매 단가가 낮아진 것은 물론, 유럽이 아닌 중국에서 바로 배송을 받으니 운송비와 운송 시간도 크게 절감되었다. 재고를 넉넉히 확보해 소비자들이 더는 새티스파이어 '피켓팅' 없이도 제품을 구매할 수 있게 되었으며, 무엇보다 헬조선 특별 프리미엄 가격에서 벗어나 합리적인 글로벌 표준가격으로 제품을 공급하게 되었다. 직매입을 통해 제조사가 제시한 권장소비자가격에 맞춰 제품을 판매할 수 있게 된 것이다.

당시 새티스파이어 프로 2의 판매가는 8만 원! 넉넉한 재고와 저렴한 가격 덕분에 유포리아의 초라한 쇼핑몰에도 방문객이 하나둘씩 늘어나며 회사가 차츰 성장해가는 것을 실감하던 그때, 여러 업체에서 같은 내용의 전화가 걸려왔다.

그 내용은… 유포리아의 새티스파이어 판매가가 너무 낮다는 것! 새티스파이어 본사에서 권장가를 정해두었고, 유포리아는 그 가격에 맞춰 제품을 판매했는데 비싸다는 것도 아닌 너무 저렴하다는 이유로 항의를 받다니. 처음에는 무슨 말인지 이해하지 못해 "네? 너무 비싸다고요?"라며 엉뚱한 대답을 하기도 했다.

자초지종은 이랬다. 유포리아가 글로벌 표준가격으로 판매하면서 일부 업체들이 새티스파이어를 원하는 대로 비싸게 팔지 못해 높은 마진을 남길 수 없게 되자 반발하고 나선 것이다. 어떤 대형 업체는 국내시장의 실정을 운운하며 가격인상을 설득하려 했고, 모 지역 업계를 꽉 잡고 있다는 한 업체는 노골적으로 "다 같이 비싸게 팔아서 재미 좀 보겠다는데 그쪽 때문에 영업을 할 수가 없다"라며 언성을 높였다. 성생활용품 업계도 몇 년 사이에 많이 변모하여 요즘은 도소매 할 것 없이 합리적인 가격과 우수한 제품을 갖춘 다양한 업체들이 치열하게 경쟁하며 좋은 서비스를 제공하고 있지만, 그 당시만 해도 시장을 장악하고 있던 '고인 물' 기성 업체들의 입김이 대단하던 시기였다.

적당한 가격이 얼마라고 생각하냐는 내 물음에 새티스파이어 프로 2는 18만 원에는 팔아야 영업이 된다는 답변이 돌아왔다. 이미 8만 원에 제품을 판매하고 있는데, 같은 제품을 갑자기 18만 원에 팔아달라니. 나는 너무나 당당한 가격담합 요구에 1차 충격, 황당한 가격에 2차 충격을 받았다. 당연히 내 대답은 거절이었고, 이때부터 몇몇 업체들과 유포리아는 건널 수 없는 강을 사이에 두고 반목하게 되었다.

그러나 시장이 경쟁을 거스를 수는 없는 법! 기성 업체와의 끝없는 신경전에도 유포리아는 새티스파이어의 적정가를 수호했고, 지금은 업체 간 경쟁이 치열해지면서 5만 3,000원까지 가격이 내려갔다. 새티스파이어를 저렴하게 구매할 때면 합리적인 가격을 지키기 위해 기성 업체들과 맞선 유포리아를 스쳐 지나가듯 한 번쯤 떠올려 주시기를 소망해본다.

수상한 광고 제안

어느 날 유포리아 사무실로 걸려온 전화 한 통. 업무 제휴를 앞세운 일종의 광고 게시 권유 전화였다. 전화를 해온 업체는 100만 명 넘는 회원을 보유한 커뮤니티라고 자랑스레 소개하며 자신들의 커뮤니티에 광고를 게시해보지 않겠느냐고 제안했다.

성생활용품 업계에서 마케팅이나 광고를 한다는 것은 상상 이상으로 어려운 일이다. 블로그 운영은 물론이고, 구글, 유튜브, 카카오톡 플러스친구, 네이버 스마트스토어 등 다른 업계라면 어렵지 않게 사용 가능한 수단들이 거의 다 막혀 있다. 이러한 업종 특성상 마케팅이 여의치 않은 상황에서 걸려온 전화라 무슨 내용이든 일단 끝까지 들어볼 생각이었다. 그들의 자기소개는 이러했다.

1. 광고 게시글당 수천에서 수만의 조회수가 보장된다.
2. 대형 토이 업체 두 곳이 단독 게시판을 사용하고 있으며 이외에도 여러 업체가 입점했다.
3. 입점비 n백만 원이면 커뮤니티에 배너 삽입과 게시글 관리, 유저 이벤트까지 열어준다.
4. (수익 구조를 묻자) 월 매출 5억 원 이상의 회사이니 걱정 마시라.

그들이 말한 내용이 사실이라면 매출 향상에는 확실히 도움이 될 만한 홍보 기회였다. 광고 기회 자체가 희소하기에 성생활용품 판매자라면 혹할 수 있는 제안이었다.

하지만 일말의 고민도 하지 않고 거절했다. 그 업체가 토렌트 공유 사이트에서 파생된 커뮤니티였기 때문이다. 토렌트 커뮤니티라는 것을 알고 나니 월 매출 5억 원이 어디에서 왔는지 명확해졌다. 성범죄 동영상을 공유하고, 저작권자에게 정당히 지불되었어야 할 몫을 빼앗아 만든 검고 어두운 돈일 것이다.

월 매출 5억 원이라는 까마득한 단위를 들으니 문득 이런 말들이 떠올랐다. 잠시만 눈을 감으면, 조금만 타협하면, 남들과 비슷하게 흘러가면 살기 편하다는 이야기들 말이다. 제안에 응한다면 분명 쇼핑몰 사이트 유입률도 늘어날 것이고 새로운 고객층이 확장될 가능성도 높다. 하지만 '유포리아'라는 브랜드를 믿고 찾아와준 소중한 기존 고객분들을 배신하는 행보가 될 게 분명했다.

아무도 알아주지 않을 이야기. 이 바닥의 생리가 다 그렇고 그런 거라고 말할지도 모른다. 현실감각이 떨어지는 거라고, 회사 운영은 그렇게 하는 게 아니라는 충고(?)를 할 수도 있을 일이다. 자극적인 이미지와 제품 사용 영상을 만들어 배포하거나 선정적인 문구로 마케팅을 하면 제품이 잘 팔리는 것은 명백한 사실이다. 트위터의 19금 계정들이 수많은 제품 협찬을 받는 것도 같은 이유다. 누군가의 주선으로 글로벌 포르노 사이트에 광고 배너를 낼 수도 있었다. 인스타그램보다도 트래픽이 높다는 글로벌 포르노 사이트에 광고를 내면 분명 치열한 고민 없이도 훨씬 높은 매출을 올렸을 것이다.

하지만 최소한 우리 하나만큼은 소신을 가지고 여성의 성을 착취하는 서비스에 돈을 보태고 싶지 않다는 마음이다. 우리의 신념을 지키고 합당한 가격과 품질로 정당한 이윤을 추구하면서 고객과 웃으며 상생할 수 있는 기업으로 남고 싶다.

남 탓은 너무나도 쉬운 일. 지금 우리가 하려는 일은 '탓'보다 훨씬 어렵고 힘든 일이다. 시장 구조나 환경만을 탓하기보다 우리 자신을 먼저 제어하고 가다듬는 일, 가장 강력한 적인 '내 안의 빻음'과 싸우는 일, 우리가 하는 일은 매 순간 그런 일이었다.

모두의 성이 안전하고 행복한 생태계를 위해

섹스토이 업계에서 여성의 성은 수시로 대상화된다. 여성의 성기를 본뜨고 여성의 이름과 형상을 빌린 섹스토이가 범람한다. 여고생, 여동생, 여성 트레이너 등 어디선가 분명 실존하는 여성들의 이미지가 끊임없이 성적으로 소비된다. 성적 대상화의 집약체인 섹스돌은 그 어느 때보다 활황을 맞고 있다. 불법 약품 판매부터 여성의 이미지를 차용한 제품, 실제 여성 모델을

19
포르노
몰카단독
NO!
흥분제
당연히 있죠!
대상화 하지 않은 제품은 없나요?
더 다양하고 기능적인 제품으로 생산할 계획입니다
판매자
소비자
생산자

섭외한 제품 시연회까지 별의별 방식으로 여성들이 혐오와 착취, 성적 도구화에 내몰린다.

유포리아만은 모두가 안전하고 행복하게 쇼핑할 수 있는 공간을 제공하고 싶다. 불법 제품을 취급하지 않고, 성분이 안전한 제품만을 소개하고, 여성의 이미지를 내세우지 않은 제품만을 취급하고자 한다. 그러다 보니 제품의 구성이 단순하다는 이야기도 종종 듣는다. 하지만 굴하지 않고 우리의 기준에 맞는 제품만을 취급할 것이다. 취급하는 제품이 늘어나려면 우리의 기준에 맞는 제품이 보다 많이 생산되어야 한다. 결국은 수요의 문제다. 더 많은 소비자가 성을 대상화하지 않는 제품을 찾을수록 제조사는 많은 수량을 생산해 비용을 절감할 수 있고, 판매자는 더 저렴한 가격에 대상화 없는 제품을 들여올 수 있게 된다.

모두의 성이 안전하고 행복한 생태계를 위해 생산자와 판매자, 소비자 모두의 노력이 절실하다. 유포리아는 수입자이자 판매자로서 최선을 다해 최첨단 하이테크놀로지로 무장한 기발하고 즐거운 제품들을 다채롭게 국내에 소개하고 싶다. 이 작은 움직임이 언젠가 묵직한 반향을 일으켜 시장을 변모시키기를 소망한다. '빨음'과 타협하지 않아도 작지만 건강한 생태계를 만들 수 있음을 보여주고 싶다.

3부

남성 없는 섹스를 상상하기까지

1장

스텔싱: 책임도 안전도 쾌락도 더치페이 안 되는 헤테로 섹스

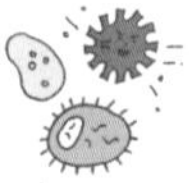

섹스는 내게 잃어버린 자존감을 채우려는 필사적인 몸부림이었다. 남자들이 내 몸을 원하는 모습을 보면 잠시나마 매력적인 사람이 된 것 같은 기분을 느꼈다. 그러니 내가 얼마나 내 외모에 집착했는지는 말할 필요도 없을 것이다. 500g이라도 쪘다 싶으면 하루에 한 끼만 먹었고, 말라가는 내 모습을 보면서 뿌듯해했다. 더 작은 사이즈의 옷을 입을 수 있게 되었을 때 진심으로 행복했고, 심지어 키즈 섹션에서 옷을 골라야 하는 순간에는 환호성을 지를 뻔했다. 그러면서도 스스로를 극도로 혐오해서 반팔을 입어도 보이지 않는 팔뚝의 위쪽을 칼로 그어 흐르는 피를 보며 만족감을 느꼈다. 흉터를 가릴 수 없는 지경이 되자 흉터가 나지 않도록 샤프로 몸 곳곳을 벅벅 그었다. 부어오르는 살을 보며 자해에 대한 갈망을 달랬다.

잃어버린 자존감을 섹스로 채우려던 날들

미국에서 지내는 동안 나는 많은 남자와 섹스를 했다. 어딘가에 정착했다는 안정감을 얻고 싶었지만 그건 쉽지 않았다. 곧 떠나야 하는 인턴 처지 때문이었는지, 나의 불안정한 멘탈 때문이었는지 한 남자를 오래 보는 일은 어려웠다. 하지만 가볍게라도 남자를 만나면 마음의 공허감이 채워지는 기분이었다. 가난한 인턴에게 저녁을 사주고, 마치 내가 중요한 사람이라도 되는 듯 문을 열어주고 나를 집으로 데려가기 위해 온갖 사탕발림을 늘어놓는 사람들과 함께 있으면 사랑 비슷한 것이라도 받는 것 같았다. 하룻밤의 가짜 인스턴트 사랑조차도 내겐 시급했고, 그들의 애정과 관심을 갈구했다.

그렇게 받은 애정과 관심이 오래갈 리 없었다. 남자들은 내 몸과 섹스는 좋아했지만, 따라오는 부산물은 원치 않았다. 그들은 내 가슴은 좋아했지만 팔뚝에 새겨진 자상은 외면하고 싶어 했다. 막장 드라마를 보는 것은 좋아하지만 정작 드라마의 주인공이 되고 싶지는 않다는 듯이. 나라고 막장 드라마를 찍고 싶었을까? 내 안의 공허함은 너무나 깊고 허무해서 자해로든 섹스로든 할 수 있는 모든 수단을 동원해서라도 채우고 싶은 고통이었다. 나라고 이런 상황을 원할 리 없었다.

내게 섹스는 자해와 다름없었다. 일부러 위험한 상황에 스스로를 처하게 하는 모험 같은 자해. 처음 보는 사람의 집으로 가면서도 두려움을 느끼지 않았다. 그 두려움을 즐겼는지도 모른다. 어떤 일이 벌어질지 모른다는 불안감과 두려움은 언제나 섹스를 뒤따라오는 친구였다. 섹스도 폭력적인 섹스만을 즐겼다. 몸이 묶인 채 신체에 가해지는 고통을 견디고 있으면 해방감과 안도감이 일었다. 원인 모를 죄책감이 옅어지는 느낌도 들었다. 마치 번지점프 같은 행위였지만, 로프가 안전하게 매어져 있는지는 미지수였다. 사디스트나 도미넌트(Dominant)한 BDSM 성향을 가진 사람을 무턱대고 만나는 게 위험한 일일 수 있다는 자각은 있었지만, 그럼에도 처음 보는 그들의 집에 아무렇지 않게 찾아갔다. 섹스를 할 때 나는 안전줄을 확인하지 않았다.

이런 내가 마지노선으로 여기며 꼭 지키는 룰이 있었다면, 바로 피임과 성병 예방이었다. 콘돔 없이는 섹스를 하지 않는 것은 유일하게 고수하던 원칙이었다. 그러던 어느 날 그 원칙이 깨어졌다.

스텔싱(Stealthing)*

모르는 남자와의 섹스는 아니었다. 꽤 오래 봐온 친구와의 오랜만의 섹스였다. 그래서인지 우리는 평소보다 격렬하고 거친 섹스를 했다. 나는 여기저기 멍들어 있었고 타해를 가장한 자해적인 섹스로 심신이 취약해져 있었다. 어느 순간 바닥에 떨어져 있는 콘돔을 봤지만 이미 벌어진 일이라는 생각에 내 안에 사정하지만 말라는 애원으로 거절을 대신했다. 나의 간절한 애원은 받아들여지지 않았다. 그는 이기적으로 내 안에 사정해버렸다.

이제 어떡하면 좋지? 사후피임약을 먹어야 했다. 통장에 늘 몇백 달러 잔고만 달랑달랑 남아 있던 내게 50달러가 넘는 사후피임약은 큰 부담이었다. 그리고 동의 없이 내 안에 사정한 것은 그였다. 금전적 부담 정도는 그가 져도 되는 것 아닌가? 그렇게 생각하면서도 요구하기가 꺼려지고 무서웠다. 그는 섹스 후 외출했고, 몇 시간이 지나 돌아왔다. 나는 당연히 그가 사후피임약을 사서 돌아올 줄 알았다. 아니었다. 그는 빈손이었고, 왜 아직도 사후피임약을 먹지 않았느냐고 벌컥 화를 냈다.

나는 무섭고 돈도 없었다. 어둠이 내린 샌디에이고의 밤거리를 나가 사후피임약을 사올 용기도 없었다. 그래서 가지고 있던

* 성관계 도중에 상대방의 동의를 구하지 않고 피임 도구를 제거하는 행위.

경구피임약 열 알을 한 번에 꿀꺽 삼켰다. 어디선가 얼핏 읽었던 글에서 본, 경구피임약과 사후피임약의 성분이 똑같고 사후피임약은 농도가 높을 뿐이어서 용량을 비슷하게 맞춰 경구피임약을 여러 알 먹으면 사후피임약의 효과와 같다는 검증되지 않은 '카더라'에 희망을 걸었다. 카더라가 맞아떨어진 건지 아니면 운이 좋았던 건지 나는 임신하지 않았다. 폭탄처럼 몰려든 고용량 호르몬의 부작용에 시달리기는 했지만, 어쨌든 최악은 면한 것이다. 임신의 두려움에 비하면 부작용은 아무것도 아니었다. 생리를 기다리는 동안 나는 내가 여자라는 것이 절망스러웠다. 섹스하는 나에게 여성됨은 곧 저주였다.

외로움과 자기혐오를 달래기 위해서든 쾌락을 얻기 위해서든 그 어떤 이유로 섹스를 하든 가족계획이 없는 여성에게 임신의 불안과 성병의 공포는 생물학적 저주와도 같다. 나는 내 여성됨이 너무나 원통했다. 이기적인 파트너나 찢어진 콘돔 때문에 다음 생리를 기다리는 나날의 두려움을 모르는 가임기 여성은 없을 것이다. 임신중절이 합법화되었다지만 대체 입법이 미비하고 먹는 임신중절약인 '미프진'도 정식으로 출시되지 않아 중절 방법도, 비용도, 안전성도 모두 혼란의 카오스인 상황에서 임신의 공포는 여전히 여성들을 궁지로 내몬다.

그런데 남자들은 이 공포를 모른다. 몰라도 사는 데 아무 지장

REC
T
임신
응급피임
z z
z

이 없다. 심지어 낙태죄 명목으로 여성을 고소한 신고자의 상당수가 전 남자친구나 전 남편이라고 한다. 임신중절에 따른 사회적 시선도, 신체적 부담도, 경제적 비용도 여성이 감당하고 있는데 어떤 남성들은 이혼 소송에서 유리한 고지를 점하거나 이별을 원하는 여자친구를 붙잡으려고 이를 악용하기까지 한다.**

더치페이도 못 되는 섹스

꽤 만족스러운 파트너를 만나서 여러 번 만남을 가지던 중, 콘돔이 빠지는 사고가 발생했다. 그의 잘못도 나의 잘못도 아니었지만 어쨌든 사후피임약을 먹어야 했다. 나는 그에게 고용량의 호르몬인 사후피임약을 먹어서 생기는 신체적 부담은 내가 져야 하니, 그가 비용을 부담해야 한다고 말했다. 그는 내 요구에 동의했다. 사업을 시작한 뒤의 만남인지라 돈 5만 원이 없었던 것은 아니다. 다만 같이 즐기자고 한 섹스에 나만 부담을 지는 것이 불공평하다고 생각했고, 남성이 부담을 나눠 질 유일한 방법은 비용밖에 없었다.

** 이지훈, 김예윤, 최지선. (2017년 11월 28일). "너, 고소할 거야" 이별 여성 협박도구로 악용되는 낙태죄. 동아일보. https://www.donga.com/news/East/MainNews/article/all/20171128/87477635/1#csidx3c1c474dd498261a5f31ae8552b797e

나는 병원을 방문할 수 있는 가장 빠른 때이자 사회인이 가장 바쁜 순간인 월요일 아침에 시간을 쪼개 여성 병원에 방문했고, 사후피임약을 처방받아 복용한 뒤 그에게 인증샷을 보냈다. 영수증과 함께. 고용량의 호르몬이 체내에서 작용을 시작하자 곧 심각한 무드 스윙(Mood Swing, 감정 기복)과 자살 충동에 시달렸다. 나는 최선을 다해 버티며 내 몫의 책임을 졌다. 이제 그의 차례였다. 그는 고맙다며 월급날에 돈을 보내줘도 되겠냐고 물었다. 돈이 없는 사람이 아님을 알았기에 의아했지만 알겠다고 했다. 그가 책임을 나눠 진다는 사실이 중요했지 돈의 액수나 시기가 중요하지는 않았다.

약속한 날이 왔고, 그에게서 연락은 오지 않았다. 화가 났지만 그에게 송금해달라고 다시 요구했다. 별다른 것을 기대하지는 않았다. 그저 늦어서 미안하다는, 책임을 함께 져줘서 고맙다는 작은 인사 정도면 됐다. 아니면 돈을 보냈다는 메세지만으로도 충분했다. 아무리 기다려도 연락이 오지 않아 확인해보니 계좌에 돈이 들어와 있었다. 그러나 메시지함에는 아무 연락도 없었다. 그는 돈만 보내곤 아무런 말도 하지 않았다. 모욕적인 적선처럼 느껴졌다. 돈이 없어서 그랬던 것이 아닌데, 책임을 마땅히 나눠 지고 싶었을 뿐인데 그는 마치 귀찮은 지로 영수증을 처리하듯 행동했다. 나는 그 돈을 그에게 돌려보냈다. 부담을 나눠 지고자 한 것이었는데 돈만 띡 보내고 사라진 너의 행동은 모욕이나 마찬가지라는 메시지와 함께. 돈을 돌려받았으니 너는 피임에 어떠한 책임도 지지 않은 남자가 된 거라고, 모욕적인 돈을 받느니 차라리 내가 모든 책임을 지고 말겠다고 했다.

분명한 요구에도 불구하고 상대에게 구걸하듯 상기시킨 후에야 피임 비용을 받을 수 있었다. 심지어 모욕적인 방식에 돈을 돌려주기까지 했다. 5만 원의 백배를 받는다 해도 다시 나를 그런 상황에 처하게 하고 싶지 않다. 섹스에 대한 책임을 나누기 위해 남성의 '선의'에 의존해야 하는 이상, 여성에게 섹스는 더치페이조차 되지 못한다.

아웃라이어가 아님을 안다

나는 섹스를 하지만 섹스가 싫다. 지금껏 많은 남자와 섹스를 했다. 처절한 외로움을 달래려는 목적이 가장 컸지만 쾌락을 전혀 기대하지 않았다고 하면 거짓말이다. 그래서 나는 나와 잤던 남자들의 수만큼이나 오르가슴을 느꼈던가? 아니다. 나를 거쳐 간 남자들을 헤아려보면 작지만 나름대로의 통계를 내볼 수 있다. 내가 잤던 남자들 중 내게 오르가슴을 줬던 남자는 20%도 되지 않는다. 대충 노력하는 시늉이라도 보였던 남자까지 포함하면 40~50%는 된다. 절반 이상은 오르가슴을 주기 위한 노력조차 하지 않았다. 나는 대략 80%의 섹스에서 오르가슴을 느끼지 못한 것인데, 나만 오르가슴을 느끼고 상대는 느끼지 않은 경우는 딱 한 번이었다. 80% 대 한 번, 참 대조적인 수치다.

이게 나만의 이야기라고 생각하지 않는다. 헤테로 섹스는 심각하게 불평등하다. 대부분의 섹스가 남성의 오르가슴으로 끝나고, 그 과정에서 여성의 쾌락과 안전은 배제된다. 남성 위주로 흘러가는 섹스에서 여성은 질염, 방광염, 요도염 등의 염증 질환과 헤르페스, 매독과 같은 성병에 일상적으로 노출된다. 많은 남성이 위생을 고려하지 않은 채 손가락과 성기를 쑤셔 넣으니 여성에게 남는 것은 허무함과 염증 그리고 여성 병원 영수증뿐이다.

다시, 나는 섹스가 싫다. 텅 빈 공허감을 채우기 위해 육체적 쾌락도 정서적 만족도 없는 허무한 행위에 불나방처럼 나를 던졌던 과거가 싫다. 임신과 성병 걱정, 후회와 죄책감만 남긴 지난날의 섹스가 싫다.

너무 성급하게 일반화하는 것 아니냐고? 그럴지도 모른다. 부디 그렇다면 좋겠다. 나도 내가 지나치게 운이 없었던 것뿐이라고 믿고 싶다. 하지만 나는 나의 사례가 '아웃라이어(outlier, 평균치에서 크게 벗어난 예외적인 표본)'가 아님을 알고 있다. 내 친구들이, 수많은 자매가 나와 같은 고통을 공유하고 있음을 안다.

다른 여성들과 그들의 섹스를 가만 떠올려본다. 얼마나 많은 섹스가 공허감에, 의무감에, 부담감에 의해 행해지고 있을 것인가? 얼마나 많은 여성이 다친 마음을 안고 홀로 여성 병원에 방문하고 있는가? 나는 나의 부끄러운 경험을 공유하며 다른 여성들을 위로해보려고 한다. 당신만의 이야기가 아니라고.

2장

비동의 강간:
당신의 섹스는 자의인가요?

내가 외로움을 달래기 위해 파트너를 찾아 헤맸던 플랫폼은 틴더(Tinder)였다. 틴더에서 대화했던 남자들은 내가 원하는 게 하룻밤의 섹스가 아니라고 이야기하면 나를 비웃었다. 마치 감정 없는 섹스를 즐기지 않으면 쿨한 사람이 아니라는 듯한 태도였다. 섹스를 한 뒤 함께 밤을 보내고 싶어 하면 너절하게 집착하는 사람 보듯 나를 귀찮아했고, 조금이라도 감정을 내비치면 부담스럽다는 듯이 한 발짝 멀리했다.

섹스하지 않으면 'Cool Girl'이 아니라고?

그렇게 나는 '쿨 걸'을 연기하기 시작했다. 섹스가 끝나면 마치 모든 게 즐거웠던 것처럼 가면을 쓰고 더는 같이 시간을 보내고 싶지 않다는 듯 조용히 사라졌다. 남자들은 내가 쿨한 사람을 연기할 때 나를 더 좋아하는 것처럼 보였다. 하지만 홀로 집에 돌아가는 내 발걸음은 무거웠다. 거칠고 폭력적인 섹스 뒤에 나를 안심시켜주고 달래줄 관심과 손길이 필요했고, 그런 애프터 케어 없이 스스로를 위로하며 집에 가는 마음은 너덜너덜 찢어진 누더기 같았다.

내가 쿨하게 사라지면 남자들은 다시 연락해왔다. '쿨하고 가볍게' 섹스만 즐기고 사라지는 내가 편하니까. 가끔은 스리섬(threesome) 제안이었고, 가끔은 'Netflix and chill'(미국식 '라면 먹고 갈래?')이었다. 하지만 정말 내가 궁금해서, 나를 더 알고 싶어서 연락하는 사람은 손에 꼽았다. 나는 그런 가벼운 제안들을 다시 받아들일 수 없었다. '쿨 걸'을 연기하면서도 진짜 '쿨 걸'이 될 수는 없었고, 또다시 나를 누더기 같은 마음 상태로 몰아붙이고 싶지 않았다. 정말로 나를 다시 보고 싶어 하는 사람을 찾고 있었다. 섹스에 마음을 엮지 않는 '쿨 걸'을 연기하는 순간조차도.

'스물다섯 살이 넘어도 동정이면 마법사가 된다'는 말이 있다. 한국에서는 주로 동정 남성을 조롱하는 말로 쓰이지만, 미국에서는 비슷한 개념이 성별 무관 모두에게 통용된다. 20대가

FRIENDS
WITH
BENEFIT
NETFLIX
&
CHILL

되어서도 섹스 경험이 없으면 매력이 없는 사람이거나 종교에 충실한 사람으로 바라보는 사회적 통념이 존재한다. 미국의 많은 10대 여성이 그런 통념에 떠밀려 첫 섹스를 하곤 한다.

당신의 첫 섹스는 자의였나요?

미국에서 한 건 아니지만, 내 첫 섹스 역시 완전한 자의에 의해서는 아니었다. 첫 남자친구를 잃고 싶지 않다는 부담감과 압박감에 시달리다 응하게 된 섹스였다. 첫 연애는 내가 대학에 갓 입학한 열아홉 살 때였다. 또래 모두가 성인이 되었다는 설렘과 캠퍼스의 자유에 녹아 있었고, 나도 답답했던 입시에서 벗어난 해방감을 누리며 두근거리는 연애를 꿈꾸는 수많은 새내기 중 하나였다. 그러다 나보다 여덟 살 많은 직업 군인을 만나게 되었고, 지인 모두가 말렸지만 멈출 수 없이 사랑에 빠져버렸다. 여중-여고-여대를 나와 처음 접한 이성적인 접촉은 걷잡을 수 없이 사랑에 휘말리게 했다.

그러나 그는 이기적인 남자였다. 섹스를 하지 않으면 나를 떠날 것처럼 굴었고, 나는 첫사랑을 붙잡기 위해 원치 않는 섹스를 외로이 계획해야 했다. 동의 없는 섹스는 아니었지만, 원해서 한 섹스도 분명 아니었다. 그와 만나는 동안 나는 다친 마음을 달래며 여러 편의 일기를 썼다. 첫 섹스 후에도 썼다. 2012년의 일기가 지금도 나를 아프게 한다.

그는 나를 옆에 앉혀두고 스포츠뉴스를 읽었다. 사랑하는(그는 아니었겠지만) 사람이 옆에 있는데 축구 뉴스를 보느라 여념이 없었다. 우린 멜론을 틀어 노래를 들었다. 나는 노래보다는 그 사람이 신경 쓰였다. 내가 그 사람의 얼굴을 보는 동안 그 사람은 스포츠뉴스를 봤다. 그 사람은 영화를 보고 싶지 않다는 내 말에 공감하지 않았다. 자주 볼 수 있는 사람이라면 모를까 보기 힘든 사이인 우리가 만나서 스크린만 쳐다보다 헤어지는 영화는 싫다는, 얼굴 보고 대화하는 시간이 너무 소중하다는 내 말에 공감하지 않았다. 내 말도 맞긴 한데, 즐거우려고 만나는 거니까 자기는 영화가 좋다고 했다. 소중한 사람이랑 만나기 때문에 즐거운 게 아니었던가? 영화는 혼자서 봐도 즐거운데. 이해는 가지만 마음이 느껴지지는 않는 그의 말이었다. 그가 나에게 집중하는 유일한 순간은 나를 만질 때뿐이었다. 나는 그가 나를 만지는 것이 너무 무섭고 두려워서 스크린을 보는 그가 다행으로 느껴졌다.
난 소중하게 모아뒀던 세 장의 편지를 그에게 전달했다. 그는 소리 내서 읽었다. 부끄러워서 내가 편지지를 구기려고 하자 그는 가방에 편지를 넣었다. 나는 그가 돌아가는 길에 그 편지를 소중하게 읽어주기를 바랐다. 그에 대한 내 예쁘고 순수한 마음을, 열아홉 살의 순정을 펜으로 꾹꾹 눌러쓰며 소중하게 담은 내 마음의 결정체였으니까. 내 두근거림, 설렘, 사랑 모든 게 그 안에 있었다. 그를 향한 신뢰와 걱정이 모두 거기 있었다. 하지만 그는 편지를 읽지 않았다. 그러지 않고서야 실수로 편지지 한 장을 빠트리고 가방에 넣지 않았다는 걸 몰랐을 리 없었겠지. 내 벅찬 감정이 그에게는 딱 그 정도였다.

…

지나가는 고양이가 너무 예뻐서 나는 고양이를 따라갔다. 그는 고양이를 좋아하지 않는다. 그는 날 기다리지 않았다. 먼저 앞서 걸었다. 나는 총총거리며 그의 뒤를 쫓아 달려갔다. 내가 봐둔 모텔로 우리는 들어갔다. 내 첫 섹스인 만큼 더운 날 모텔을 찾아 헤매는 기억을 만들고 싶지 않았고 아무 곳이나 들어가서 낭패를 보고 싶지도 않았다. 내가 봐둔 모텔은 좋았다.

그는 드라마를 봤다. 나는 지나가는 밤이 너무 짧아 애가 탔는데, 그는 드라마를 보느라 내 얼굴을 보지 않았다. 남자는 둘 중 하나만 할 수 있다고 했다. TV를 보거나 나에게 집중하거나. 하지만 나에게 TV는 그저 BGM일 뿐이었다. 그러면 TV를 틀어놓고 나에게 집중해달라고 했다. 그는 일단 틀어놓으면 무조건 봐야 한다고 했다. 나도 on이었고 TV도 on이었다. 둘 다 power on이었는데 나는 드라마에 밀려버렸다. 드라마가 끝나자 그는 TV를 껐다.

내 생의 첫 밤을 그렇게 보냈다. 나는 모텔을 예약해두었지만 그는 콘돔도 준비해오지 않아 모텔에서 주는 싸구려 공짜 콘돔을 써야 했다. 그는 능숙했다. 나는 익숙하지 않다는 죄책감과 두려움에 적극적으로 행동하지 못했다. 그는 내가 너무 긴장해서 굳어 있다고 했다. 어쩔 수 없었는데… 처음을 앞둔 여자의 마음을 그는 이해하지 못했다. 나는 어쨌든 최선을 다했다. 그의 모든 요구에 응했다. 아프고 무서웠다. 그는 우리 몸이 하나가 되는 거라고 날 달랬다. 처음 그가 내 안에 들어왔을 때 나는 너무 아파서 그의 품에 안겼다. 아프다고 울먹였다. 그는 더 요구하기만 했다. 내 아픔에는 관심이 없었다. 어쨌든 나는 최선을 다했다. 방법은 몰랐지만 그에게 물어보면서 최선을 다했다. 조금 민망했다.

섹스가 끝나고 나는 눈물을 흘렸다. 울면서 그의 품에 안겼다. 이유는 알 수 없었다. 그냥 눈물이 났다. 서럽고 복잡했다. 그는 울지 말라고 했다. 내 울음에 귀 기울이고 싶지 않아 했다. 그렇게 1분 만에 나를 그치게 만들었다. 그러고 나서 그는 잠들었다. 울고 나서 그의 팔을 베고 그의 품에 얼굴을 묻은 나에게는 관심이 없었다. 나는 안아달라고 했다. 그래야만 그가 날 사랑한다는 걸 느낄 수 있었다. 키스도 섹스도 아무것도 내 마음을 채워줄 순 없었다. 난 그저 그의 따뜻한 포옹과 다독거림이면 충분했다.

그는 밤에 잠드는 건 일주일 만이라며, 피곤한 오빠한테 이것도 배려 못 해주냐며 잠이 들었다. 밤낮이 바뀐 그가 안쓰러웠다. 나는 그 안쓰러움에 서운함을 묻어버렸다. 나는 잠을 못 잤다. 세 번도 넘게 중간에 깼다. 그때마다 안아달라고 졸랐다. 그는 팔만 한 쪽 내주고는 다시 잠들었다.

나는 외로웠다. 마음의 배고픔이 너무 심해서 매 순간 사랑을 구걸했다. 그는 물고기의 비늘을 적시듯 딱 말라 죽지 않을 정도의 애정만 줬다. 나는 햇볕에 타들어가는 물고기처럼 한 모금의 물에 감사하며 그렇게 버텼다.

그 사람은 내 비늘만 사랑했다. 반짝이게 잘 닦아놓은 그 비늘만 사랑했다. 내 내면의 배고픔에는 관심이 없었다. 그날 밤 잠들어가는 그의 등 뒤에서 나는 다시는 오빠를 만날 수 없을 것 같은 느낌이라고 흐느꼈다. 오빠가 떠날 것 같다고, 너무 외롭다고 울었다. 그는 '걱정도 많다'라고 했다. 날 안아주지도 토닥여주지도 않았다.

그는 걱정이 너무 없었고 나는 걱정이 너무 많았다. 걱정이 없는 그는 내 걱정들을 이해하지 못했다.

첫 섹스는 몸도 마음도 너무나 고통스러웠다. 섹스가 사랑의 결정체라는 말에 동의할 수 없었다. 내게 첫 섹스는 애정을 구걸하기 위한 수단에 불과했다. 나의 처음을 그에게 '주면' 존재하지도 않는 그의 애정을 붙잡아둘 수 있다고 믿었다.

나의 여성 친구들 중 첫 섹스가 좋은 기억인 사람은 한 명도 없었다. 수많은 여성의 서투른 첫 섹스가 강압적인 환경에 의해, 끈질긴 요구와 반복적인 설득에 의해 이루어지고 있다. 과연 이런 섹스를 자의에 의한 관계라고 할 수 있을까? 얼마나 많은 여성이 원치 않는 첫 섹스의 고통스러운 기억을 안고 살고 있을까? 또 어디선가 나이 어린 여성들이 마음도 몸도 준비되지 않은 채 첫 섹스에 노출되어 있지는 않을까? 파트너의 물리적인 강압이 없었다고 해서 그 모두가 자발적인 상호 동의를 뜻하는 것은 아니다. '사랑한다면 허락해야 한다'는 무논리의 논리가, 사회 곳곳에 만연한 여성에 대한 무분별한 성적 대상화가, 섹스를 즐기지 않으면 꽉 막히고 뒤떨어진 사람으로 낙인찍는 사회가 진정 자신이 원하는 바에 따라 동의 여부를 정하는 판단의 순간을 마구 흔들어대며 여성들의 '자의'를 혼탁하게 만들고 있다.

남자 친구에게 당한 강간

나는 절대 취할 때까지 술을 마시지 않는다. 심하게 잠이 오지 않는 밤에 칵테일 한 잔으로 목을 축이거나 모임에서 분위기를 맞추기 위해 한두 잔 마시는 정도다. 이기적인 첫 남자 친구와의 첫 번째 섹스가 그의 마음을 얻기 위한 처절한 몸부림이었다면, 그와의 두 번째 섹스는 강간이었다.

나는 내 주량을 미처 몰랐던 새내기였고, 그와의 오랜만의 만남에 설레고 들떠 몇 잔의 술에 이른바 '꽐라'가 되어버렸다. 그는 술에 절어버린 나를 부축해 택시를 탔다. 내 가방에서 지갑을 꺼내 돈을 빼내서 택시비를 냈다. '빠른년생'으로 아직 미성년자여서 모텔 출입이 불가능했던 나의 학생증을 들이밀며 모텔 출입을 뚫었고, 모텔비도 내 지갑에서 꺼낸 돈으로 치렀다. 나는 그를 저지할 말과 행동을 취할 수는 없었지만, 아무것도 기억하지 못하는 것은 아니다. 그의 모든 행동을 똑똑히 보았고, 아직도 기억한다.

우리는 모텔에 들어갔고, 그는 내 옷을 억지로 벗겨 나를 씻겼다. 나는 저항할 수 없었고, 씻다가 바닥에다인지 변기에다인지 토를 했다. 그는 나를 다 씻긴 뒤 침대로 옮겼다. 힘없이 고개를 저었지만 그는 멈추지 않았다. 나는 그렇게 정신없는 상황에서 강간당했다.

그때는 그게 강간인지도 몰랐다. 취했던 나를 탓했고, 이미 섹스를 한 사이이므로 그가 나에게 그럴 권리가 있다고 쉬이여겼다. 그저 내 지갑에서 돈을 몰래 꺼내 간 것을 원망했을 뿐이다. 그다음 날 일어나 왜 내 지갑에서 돈을 가져갔냐고 물었다. 그는 짜증난다는 표정으로 2만 원을 돌려주었다. 분명 그가 가져간 돈은 그보다 훨씬 많았는데 말이다. 모텔비를 내고 남은 돈이라도 되었던 걸까? 최악은 그런 일을 당하고도 그와 헤어지지 않았다는 것이다. 한참 더 그의 사랑을 구걸하다 비참하게 카톡으로 차였고, 그러고도 한동안 너절하게 매달렸다.

이제는 안다. 내가 당한 것은 섹스가 아니라 강간이었다는 사실을. 그 당시 나는 동의를 할 수 있는 신체적 상태가 아니었으므로 저항하지 않았던 나의 행동이 절대 동의를 뜻한 게 아님을 알고 있다. 술에 취했다는 것은, 연인이라는 것은, 부부라는 것은 강간의 면죄부가 될 수 없다. 아직도 나처럼 고통받는 사람이 있다면 이제는 자학과 트라우마의 그늘에서 벗어날 수 있기를 기도한다. 그리고 아직도 그날의 트라우마에 맘 편히 술을 마실 수 없는 나를 위로한다.

3장

독박 피임:
나 홀로 마주한 고난의 피임길

적잖은 남자들이 콘돔을 거부한다. 콘돔이 너무 작다는 둥 콘돔을 사용하면 느껴지지 않는다는 둥 콘돔을 끼면 발기가 되지 않는다는 둥 별의별 이유로 콘돔을 기피한다. 그러면서 여성에게 피임을 요구한다. 성병과 임신을 동시에 예방할 수 있는 유일한 피임 도구임에도 많은 남성이 콘돔 착용을 회피하며 여성에게 피임을 전가한다. 처음엔 불평, 좀 지나면 끈질긴 설득, 결국엔 스텔싱으로 이어지는 남자들의 콘돔 기피는 여성을 임신과 성병의 공포 그리고 여성 병원 영수증의 늪에 빠지게 한다.

콘돔을 거부하는 남성들의 끈질긴 설득에 나의 낮은 자존감은 너무나 쉽게 무너졌고, 그들의 요구에 못 이겨 온갖 피임법을 시도해보았다.

첫 번째 피임법, 피임약

내가 경구피임약을 처음 복용한 건 미국에서다. 미국에서 사후 피임약은 일반의약품으로 분류돼 의사의 처방 없이도 구매할 수 있으나, 경구피임약은 의사의 처방을 통해서만 구매할 수 있다.(우리와는 정반대의 시스템!) 미국은 병원비와 약값이 너무 비싸 건강보험이 적용되지 않으면 인턴 신분의 외국인이 의료 서비스를 받는 건 불가능에 가깝지만, 피임 목적으로 병원을 방문하면 보험이 적용된다는 반가운 소식을 들었던 터라 가벼운 발걸음으로 '가족계획협회(Planned Parenthood)'를 찾아갔다. 가족계획협회는 미 전역에 약 700여 개의 진료소를 두고 여성들에게 피임이나 임신중절 의료 서비스를 제공하는 비영리단체다. 가족계획협회의 진료소는 시종일관 자세하고 섬세했으며, 언어장벽에도 불구하고 만족스러운 상담을 받은 뒤 피임약을 처방받을 수 있었다. 처방전을 들고 약국으로 향하는 발걸음도 가벼웠다. 약국에 도착하기 직전까지만.

약국에서 요구한 석 달 치 피임약 값은 자그마치 200달러가 훌쩍 넘었다. 하지만 내겐 든든한 보험 카드가 있었고, 왠지 모를 자랑스러움을 느끼며 약사에게 보험 카드를 당당히 내밀었다. 그런데…

Travel medical insurance does not cover birth control.

(여행자보험은 피임에 적용되지 않습니다.)

그랬다… 내가 인턴 생활을 하며 가입한 보험은 여행자보험이었고, 여행자보험으로는 피임약 비용을 보장받을 수 없다는 충격적인 사실! 수중에 200달러가 없었기에 피임약을 그대로 둔 채 약국 문을 나서야 했다. 돌아오는 길의 그 초라한 발걸음이란….

얼마 뒤 돈을 모아 경구피임약을 살 수 있었지만, 제때제때 챙겨 먹지 않으면 안 된다는 두 번째 난관이 기다리고 있었다. 숨가쁜 일상 속에서 매일 정해진 시간에 약을 복용해야 하는 건 쉽지 않은 일이었다. 결국 거금을 들여 구매한 경구피임약은 시나브로 잊혔고, 한참이 지난 뒤 스텔싱 에피소드에서 이야기했듯 사후피임약을 대신하는 용도로 복용하고 말았다.

한국에서 경구피임약은 가격이 저렴하고 의사의 처방 없이 구매할 수 있어 접근성도 높은 편이다. 반면 사후피임약은 긴급하게 먹어야 함에도 접근성이 많이 떨어진다. 의사와 상담한다고 해서 사후피임약의 필요성과 긴급성이 줄어드는 것도 아니고, 사후피임약을 처방받기 위해 병원을 가면 웬만해선 거의 다 처방해주는 현실을 고려했을 때 사후피임약 진료에 실질적인 의미가 있나 싶다. 주말이나 연휴 때엔 마땅한 방도도 없이 초조하게 기다려야만 한다.

물론 의사의 처방이 약물의 오남용을 방지하는 일종의 관문 역할을 한다는 점은 누구나 안다. 그럼에도 화가 나는 건 경구 피임약을 24시간마다 복용하고, 피임 계획이 틀어졌을 때 사후 피임약 처방만을 애타게 기다리고, 오남용을 걱정하고, 피임약 복용과 동시에 쓰나미처럼 밀려드는 부작용을 온 몸으로 견뎌내는 이 모든 신체적·경제적·정신적 부담을 여성이 감내해야 한다는 사실이다. 남자들은… 어디에…?

골밀도 저하를 감수한 피임 주사

두 번째로 시도해본 피임법은 피임 주사였다. IUD나 임플라논(팔뚝 안쪽 피부 밑에 이식하는 피임제)은 당시의 나에게는 너무 비쌌고, 피임 주사는 한 번만 맞으면 효과가 3개월간 유지되면서 가격은 70달러에 불과했으니 피임약보다 저렴하고 편리하다는 장점이 있었다. 주사 맞은 부위가 조금 뻐근하기는 했지만 매일 챙겨 먹어야 하는 피임약의 불편함에 비할 바는 아니었다.

하지만 피임 주사에도 단점은 있었다. 바로 골밀도 저하. 반복적으로 주사했을 경우 골다공증의 위험이 있다는 의사의 설명이었다. 3회 이상 주사를 권하지 않는다는 충고도 덧붙였다. 의사의 경고에도 불구하고 권장 최대치인 세 번을 꽉 채워 피임 주사를 맞았다. 미래의 골밀도나 골다공증 같은 지금 당장 보이지 않는 부작용은 신경 쓰이지 않았다.

그때의 남자 친구는 내가 오랜 시간 헤매다 발견한 정착지이자 첫 번째 장기 연애 상대였다. 그와 함께하며 처절했던 외로움을 달래고, 위로를 받고, 안정감을 느낄 수 있었다. 어떻게 해도 내면의 공허함을 채울 수 없다는 절망에 빠져 있던 나에게 사랑한다며 떠나지 않겠다고 약속하는 그의 존재는 생필품이었다. 그와 같이 있을 땐 인생도 살아볼 가치가 있는 것처럼 느껴졌다. 다만 그는 콘돔 착용을 반기지 않았고, 어떻게 해서든 그를 만족시켜주고 싶었던 나는 미래의 뼈 건강을 빌려다 쓰면서까지 그의 욕망을 채워주기 위해 노력했다. 그래야 '좋은 여자 친구'가 될 수 있을 것 같았다.

피임 주사를 맞고 난 직후에는 이렇게 편리한 피임법이 왜 널리 쓰이지 않는지 궁금했는데, 의문은 곧 해결되었다. 골밀도 저하는 당장 와닿지 않는 부작용이었지만, 하혈은 달랐다. 몇 주 동안 계속된 하혈은 내가 뫼비우스의 생리띠에 갇힌 건 아닌지 고민하게 할 정도였다.

골밀도 저하와 하혈이라는 치명적 부작용을 감수하고 세 번이나 피임 주사를 맞았던 그때의 선택을 후회하느냐고 물어본다면, 사실 아직 잘 모르겠다. 하혈은 몇 주 지나 멈췄고 골밀도 저하는 여전히 와닿지 않는다. 미래의 내가 대가를 치르게 되겠지. 그때가 오면 다시 글을 써보겠다. 아, 물론 구멍 숭숭 뚫려 있을 나의 뼈로 글쓰기가 가능한다면 말이다.

너무나 고통스럽고 비쌌던 IUD

IUD(Intrauterine device)는 자궁 내 삽입 장치로, 흔히 '루프'라고 불린다. 자궁 내에 자리 잡아 호르몬을 분비하며 3~5년간 피임 효과가 있다. 내가 최종적으로 선택해 지금까지 이용하는 피임법이다. 물론 콘돔 없는 섹스를 한다는 뜻은 아니다. 여전히 콘돔은 효과적인 성병 예방 도구니까.

평생 아이를 가질 계획이 없기 때문에 영구적 피임인 난관 수술을 하고 싶었지만, 수술적 방법이라는 점이 부담스러웠고 병원에서 비혼 여성에게는 좀체 권하지 않으려 한다는 말을 들어 마음을 접었다. 임플라논도 고려해보았지만, 팔에 이물감 있는 무언가를 집어넣는 점이 내키지 않아 IUD를 선택했다.

IUD 또한 단점이 없는 건 아니다. 무엇보다 엄청나게 아팠다! 자궁 경부가 비교적 열려 있는 생리 끝나갈 무렵에 오라던

의사의 말을 새겨듣지 않은 내 잘못이다. 생리가 완전히 끝난 다음 날 병원에 갔더니 내 자궁 경부는 닫혀 있었고, 대신 헬게이트가 열리고 말았다. 닫혀 있는 자궁 경부를 뚫고 무언가를 집어넣는 일은 어마어마하게 고통스러웠다. 게다가 제대로 자리를 잡아서 넣어야 하기에 주사처럼 눈 깜짝할 새에 끝나는 일도 아니었다. 30년처럼 느껴진 30초 동안 내리 비명을 질렀다. 대기실에 있던 사람들이 들었다면 무슨 사고라도 난 줄 알았을 것이다.

시술이 끝난 뒤 영수증을 본 순간 나는 다시 한번 비명을 지를 뻔했다. IUD는 자궁 질환 치료 목적이라는 의사의 처방이 없다면 보험 적용이 되지 않아 시술비가 보통 30만 원대다. 비용을 제대로 알아보지 않고 간 내 잘못도 있지만, 시술 전까지 이 정도의 비용이 든다는 설명을 전혀 듣지 못했다. 시술 비용까지 포함해 30만 원을 훌쩍 넘긴 영수증을 받으니 '할부요…' 라는 말이 절로 나왔다.

IUD는 아직까진 만족스럽다. 시술 후 약 한 달간 계속된 부정 출혈에 시달리기는 했지만. 어색한 점이 있다면 자궁 경부 밖으로 줄이 나와 있다는 것인데, 손가락을 넣어서 억지로 만져보지 않는 이상 이 줄을 느끼거나 볼 일은 없으므로 큰 상관은 없다. 오히려 질 밖으로 나온 탐폰 줄이 안도감을 주듯, 자궁 경부 밖으로 나온 검정 줄이 제대로 피임이 이루어지고 있다는 증거처럼 나를 안심시켜준다.

…까지 이 글을 쓰고서 출판사에 보내고 나니, 삽입한 지 11개월이 막 넘은 IUD가 생리혈과 함께 빠져나오고 말았다! IUD가 빠지는 경우가 있다고는 들었지만, 그게 바로 나일 줄이야. 문의해보니 IUD를 다시 구매해 삽입하는 방법밖에는 없다고 한다. 30만 원이 넘는 돈도, 너무 고통스러웠던 삽입 과정도 모두 수포로 돌아가버린 셈이다. 하하… 궁극의 피임법은 정녕 존재하지 않는 것일까?

STD? STI?

STD 또는 STI는 일종의 성병 검사 방법이지만, 피임만큼이나 필수적이기에 짧게나마 적어본다. 성 접촉에 의해 전염될 수 있는 염증 및 감염 여부를 판별하는 검사로, 임질·트리코모나스·마이코플라즈마·클라미디아·유레아플라즈마·가드네렐라·칸디다·매독·헤르페스 등의 균과 바이러스를 검출할 수 있다. 면봉을 이용해 질 분비물을 채취하는 방식으로 이루어진다.

한국에서는 주로 STD(Sexually Transmitted Diseases)라고 일컬어지지만, 나는 STI(Sexually Transmitted Infections)라는 표현

을 쓰려고 한다. 실제로 미국에서는 STD 대신 STI를 더 일반적인 용어로 사용한다. Disease(질병)라는 단어가 주는 뉘앙스가 너무 강하며, 칸디다나 가드네렐라처럼 일부는 잡균 수준의 Infection(감염)이기 때문이다. STI 검사에서 무언가가 검출되었다고 해서 모두 성병에 걸린 것은 아니며, 가벼운 감염인 경우가 대부분이니 검사 자체를 겁내거나 부담스러워할 필요 없다.

나는 파트너가 바뀔 때마다 STI 검사를 받고 있다. STI 검사가 번거롭게 느껴지거나 불편할 수도 있겠지만 파트너가 바뀌거나 파트너가 바뀌지 않더라도 1년에 한 번씩은 꼭 STI 검사를 받아보길 추천한다. 파트너에게도 당당하게 STI 검사를 요구하자. 건강보험이 적용되니 2만~3만 원 선의 비용으로 받을 수 있다. STI 검사를 받는 김에 STI 검사로는 확인할 수 없는 HPV(인유두종 바이러스) 검사도 함께 받는다면 더욱 좋다.

섹스는 여성에게 불리하다. 대부분의 섹스가 남성의 오르가슴으로 끝나면서 피임의 책임은 여성에게 전가된다. 즐거움이 보장되지도 않는 행위에 여성이 안고 가야 할 리스크는 너무 크다. 임신에 대한 두려움은 말할 것도 없고, 질염과 방광염에 일상적으로 시달리며 각종 성병에다 심각한 경우 자궁 경부암의 위험까지 감수하면서 헤테로 섹스에 임해야 할 이유는 사실, 없다.

나는 이 위험한 모험을 그만두기로 했다. 외로움을 달래기 위해 외줄타기를 해왔지만 마음속 공허함은 채워지지 않았고, 대신 임신에 대한 공포와 폭력적인 섹스에 뒤따르는 죄책감만이 나를 괴롭혔다. 타인에게서 구원을 찾아서는 안 되는 것이었다. 잃어버린 자존감은 삶을 스스로 보살피며 찾아야 했다. 폭력적인 섹스에 자신을 내던지며 느낀 찰나의 안도감은 나를 해방시켜줄 수 없었다. 정신 건강은 전문가를 찾아가 도움을 받는 것이, 몸의 쾌락은 스스로 전문가가 되어 직접 탐구하는 것이 가장 빠르고 효과적인 길이다. 나만이 나를 구원할 수 있다.

4장

자위요? 건강하고요, 안전하고요, 자유롭고요, 경제적입니다

자위가 이렇게 좋은데 왜 다들 자위 안 하세요? 섹스보다 건강하고 안전하고 자유롭고 경제적인 자위! 우리 모두 자위하고 광명 찾읍시다!

섹스보다 오조오억 배 좋은 자위 홍보 타임

성욕과 외로움을 분리하고 정신 건강은 전문가들에게 맡기기로 했으니 이제는 넘치는 내 성욕을 달랠 차례였다. 어차피 파트너와의 섹스에서 오르가슴을 느끼는 일은 드물었다. 손가락 스킬도 원체 나쁘지 않았지만, 손가락의 경지를 아득하게 넘어선 기계 친구들도 곁에 있으니 자위를 위한 모든 준비가 완벽

화려한 쾌감이 나를 감싸네~

하게 갇혀진 셈이었다. 결론부터 말하자면 나는 정신과 상담과 약물의 도움 그리고 자위를 통해 마음의 건강도, 몸의 건강도 천천히 회복해갔다.

건강한 자위

가장 즉각적으로 느낀 변화는 여성 건강의 회복이었다. 섹스를 하던 시절 나는 질염과 방광염을 달고 살아 여성 병원을 밥 먹듯 드나들었고, 방광염 예방에 도움이 된다고 알려진 크랜베리 주스를 물 대신 마시곤 했다.

그런데 섹스를 그만두고 자위를 시작한 뒤로는 하루가 멀다 하고 찾아오던 질염과 방광염이 드물어졌다. 섹스를 할 때는 씻지 않은 손, 날카로운 손톱, 세균 섞인 타액 등이 건강을 위협했지만, 깨끗한 손과 위생적으로 관리된 반려가전으로 자위를 하니 '안녕히 계세요, 여러분! 전 이 세상의 모든 질염과 방광염을 벗어던지고 제 행복을 찾아 떠납니다. 여러분도 행복하세요!'라는 애니메이션 명대사가 절로 흥얼거려졌다.

사실 섹스에서 위생 문제는 조금만 신경 쓰면 예방할 수 있는 일이다. 하지만 대부분의 남자들이 성기 크기와 테크닉 같은 퍼포먼스만 신경 쓰면서, 정작 기본 중의 기본이라 할 수 있는 위생에는 아무런 주의도 기울이지 않는다. 작은 고추가 물렁

하고 더럽기까지 하면 도대체 어디다 써먹으란 말인가? 더러운 고추는 고춧가루도 못 만드는 폐급이다.

"손톱 정리해", "손 씻고 와", "샤워하고 와", "침 뱉지 마" 같은 섹스의 기본 방역 수칙을 가르치기 위해 그동안 얼마나 전전긍긍 눈치를 봐왔던가? 정녕 남자들은 손가락을 질에 넣고 과격하게 쑤셔댈 생각을 하면서도 길고 날카로운 손톱과 손톱 밑 더러운 때는 전혀 신경 쓰이지 않는 걸까? 루브리컨트(a.k.a. 러브젤)라는 위대한 과학의 산물이 있음에도 도대체 침을 왜 뱉는 것인지! 포르노에서 배워온 이상하고 비위생적인 버릇임이 틀림없다.

안전한 자위

섹스를 하는 여성이라면 누구나 끝없는 걱정에 시달린다. 불법 촬영과 촬영물 유포, 원치 않는 임신, 밀폐된 공간에서의 신변 안전 등. 내 손 그리고 반려가전과 함께 떠나는 쾌락 여정에서는 이런 걱정을 일절 하지 않아도 된다! 불법 촬영 걱정도 넣어둬도 되고, 반려가전이 내 목을 조르는 일도 상상 속 공포물에서나 가능하다. 자위로 임신을 한다면 21세기 성모마리아가 등장했다며 지구촌 해외토픽쯤에는 나올 수 있겠다.

물론 자위를 할 때도 주의해야 할 점은 있다. 첫째는 안전한 반려가전 사용하기! 우리나라에는 반려가전의 소재에 대한 규제가 없기 때문에 잘 알아보지 않고 구매할 경우 환경호르몬 물질이자 발암물질인 프탈레이트가 들어간 제품을 사용하게 될 수도 있다.

둘째는 프라이버시! 모두가 사생활이 완벽히 보장된 공간을 가지고 있는 것은 아니다. 게다가 진동하는 기기의 특성상 반려가전은 크고 작은 소음을 동반한다. 마음 편한 분위기에서 자위를 만끽할 수 있도록 가족들 없는 시간에 자위를 즐기는 것이 베스트. 가족 모두가 집을 비우는 경우가 드물다면 기기를 켜놓고 방 밖으로 나가 반려가전 소리가 들리는지 테스트를 해보는 것도 좋다. 물론 자위를 하는 것도, 반려가전을 사용하는 것도 전혀 부끄러울 일이 아니라는 점은 잊지 말자!

자유로운 자위

자위는 자유롭다! 자위는 서먹하던 내 몸에 대해 알아가고 어떻게 해야 나를 가장 만족시킬 수 있을지 탐험하는 과정이다. 내가 좋아하는 방식대로, 내 마음 가는 대로 내 쾌락을 추구할 수 있다. 자위를 할 때는 누구의 눈치도 볼 필요가 없다. 파트너를 지치게 할까봐, '밝히는 여자'로 보일까봐 욕망을 숨기고 연기할 이유도 없다. 상대의 만족을 신경 써야 하는 섹스와 달리,

자위를 할 때면 오로지 스스로의 즐거움만을 위해 맘껏 이기적이어도 된다. 체력이 닿는 한 만족감이 흘러 넘칠 때까지 충분히 나를 즐겁게 할 수 있다. 삽입 섹스가 만족스럽지 않은데도 상대방을 위해 의무적으로 삽입 섹스를 해야 했던 지난날은 안녕! 클리토리스 자극이 좋다면 클리토리스 자위만 백만 시간 해도 아무도 날 뭐라 하지 않는다.

경제적인 자위

자위는 돈도 얼마 들지 않는다. 심지어 손으로 하는 자위는 공짜다! 반려가전을 들이더라도 반려가전 구매 비용과 반려가전에게 먹일 전기요금만 내면 반려가전은 나를 위해 심장이 멎을 때까지 최선을 다해 일할 것이다. 충전 가능한 5만 원짜리 반려가전 두 개를 구매한다고 가정했을 때 드는 비용은 반려가전 값 10만 원에 배송비 3,000원과 전기요금 정도. 한 해 동안 실컷 쓴 반려가전이 고장 난다 해도 1년에 드는 비용은 10여만 원 가량이다. 물론 반려가전은 1년 이상 사용할 수 있는 경우가 더 많다.

섹스에는 숙박 또는 대실 비용에 피임 비용, 여성 병원 방문 비용 등이 필요하다. 일주일에 한 번 대실을 하고 그 비용을 함께 부담한다고 가정하면 대실 비용 일주일에 3만 원, 1년은 52

주이므로 3만 원×52주×0.5=78만 원이다. 피임은 콘돔만 사용할 수도 있겠으나 혹시 모를 사고에 대비하여 이중 피임 한다고 가정해보자. 피임약의 경우 9,000원(한 달 치)×12개월 = 10만 8,000원. 여기에 여성 병원 방문 비용은 1년에 한 번 정기적으로 STI 검사를 받고 질염이나 방광염과 같은 기타 진료를 최소 두 번 본다고 가정하면 5만 원 이상이 예상된다. 물론 실제로는 더 자주 병원을 방문할 가능성이 높다. 보다시피 경제적인 측면에서도 자위는 섹스보다 탁월하다!

(최첨단 하이테크놀로지 반려가전의 위대한 세계에 입문해보고 싶은데! 어떤 토이를 골라야 내 몸이 좋아할지, 어떤 소재가 안전하고 그 소재를 어떻게 알아볼 수 있는지 감을 잡기 어려운 셀프 케어 초보자를 위해 반려가전 친구를 성공적으로 사귈 수 있는 알짜 정보를 바로 다음 장에 정리해두었다. 고고!)

5장

셀프 케어 초보자를 위한 섹스토이 입문 가이드

섹스토이숍에 가장 많이 들어오는 고객 문의라면 당연히 "뭘 사야 하나요?"이다. 이 질문을 받으면 내 머릿속에는 혼자 쓰는 토이부터 함께 쓰는 토이, 성교 보조 목적의 토이, 저마다 자극 부위가 다른 토이까지 다양한 분류의 섹스토이가 휘리릭 지나간다. 그때부터 고객님과의 스무고개가 시작된다.

혼자 쓰실 제품을 찾으시나요, 파트너와 함께 사용하실 제품을 찾으시나요?
생물학적 성별이 어떻게 되시나요?
질을 자극하는 제품을 찾으시나요, 클리토리스를 자극하는 제품을 찾으시나요?

길이나 굵기는 어느 정도가 좋으신가요? 커브가 있는 제품이 좋으신가요?

구매자가 자신이 어떤 종류의 섹스토이를 선호하는지 알고 있으면 좋은 제품 찾기가 훨씬 쉽다. 판매자도 구매자의 니즈에 따른 맞춤 설명을 제공할 수 있어 구매자의 상담 만족도도 높아진다. 자신이 어떤 제품을 원하는지 모른 채 판매자의 설명만 믿거나 혹은 주변의 추천만 듣고 제품을 구매하면 실패한 쇼핑이 될 가능성이 높다. 그래서 준비해보았다. 셀프 케어 초보자를 위한 섹스토이 입문 가이드! (빠밤)

(1) 혼자 사용하는 토이

여성 혼자 사용하는 제품의 카테고리는 무궁무진하다. 크게는 질을 자극하는 제품, 질과 클리토리스를 동시에 자극하는 제품, 클리토리스를 자극하는 제품으로 나눌 수 있고, 그 안에도 다양한 분류가 있다.

질을 자극하는 제품

수동 딜도

수동 딜도는 아마 가장 오래된 형태의 여성용 자위 기구가 아닐까? 클래식한 만큼 찾는 사람도 많은 제품군 중 하나다. 각자 선호하는 형태와 디자인, 사이즈는 다양하지만 소재만은 '실리콘'인 제품을 추천한다. 예민한 신체 부위에 사용하는 만큼 소재의 안전성이 매우 중요하다. 섹스토이에 사용되는 재질 가운데 실리콘은 가장 위생적이며 인체에 안전한 소재다. TPR/TPE 제품은 실리콘에 비해 다양한 촉감을 구현할 수 있어 사용자 만족도가 높다. 다만 제품 표면에 난 미세한 구멍들 때문에 위생적으로 관리하기가 어려워 추천하지 않는 편이다. 만약 제품의 소재가 제대로 명시되어 있지 않거나 '젤리실리콘' 등 처음 들어보는 명칭을 사용한다면 구매하지 않기를 권한다. 혹시나 받아본 제품이 투명하고 어린 시절 가지고 놀던 포켓몬 왕딱지(?) 냄새가 난다면 돈이 아깝겠지만 버리는 것이 좋다.(소재에 관해 더 알고 싶다면 '(3) 토이 소재 완전 정복' 필독!)

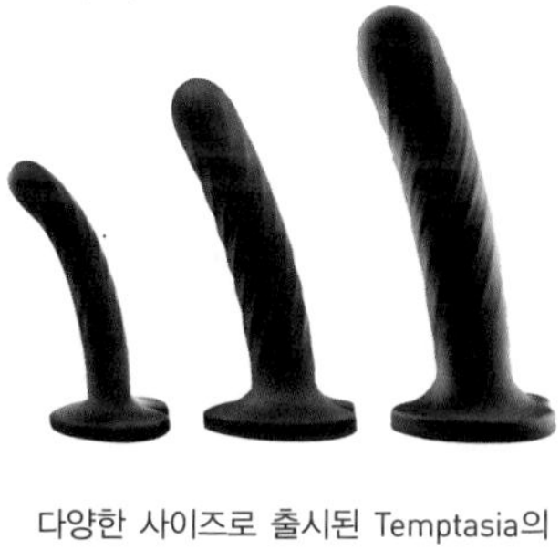

다양한 사이즈로 출시된 Temptasia의 Twist 딜도

소재의 중요성은 두말할 나

위 없지만, 아무래도 고객님들의 눈길이 가는 쪽은 사이즈가 아닐까? 상품 설명에 적힌 사이즈를 봐도 영 감이 잡히지 않는 분들을 위해 나름의 기준표를 준비했다. 사이즈에 대한 선호는 개인차가 있겠지만, 구매하려는 딜도의 두께와 길이를 대략적으로나마 평균치와 비교해보고 싶은 고객님들에게 도움이 되기를 바라며!

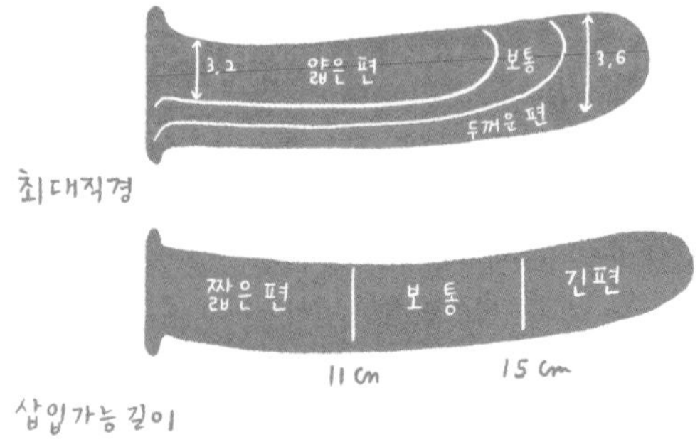

삽입형 바이브레이터

삽입형 바이브레이터는 길쭉한 막대 모양의 진동하는 딜도라고 생각하면 된다. 이 제품의 장점은 삽입이 내키지 않는 날 진동 모드를 켜서 클리토리스를 자극할 수 있다는 점이다. 클리토리스 자극 제품도 사고 싶고 삽입 토이도 궁금하다면 이 제품을 추천한다. 시도해본 결과 삽입이 내 길(?)이 아니거나 제품이 내 질과 잘 맞지 않더라도 클리토리스 자극용 바이브레이터로 활용할 수 있으니 아깝게 묵혀두지 않아도 된다.

새티스파이어사의
바이브 라인 제품
Yummy Sunshine

피스톤 딜도

요새 가장 핫한 제품군이라면 역시 피스톤 딜도를 빼놓을 수 없다. 자동으로 앞뒤로 움직이기 때문에 손을 덜 쓰거나 아예 안 써도 된다. 피스톤류에는 몸체 전체가 빨대처럼 접혔다 펴지면서 움직이는 제품, 앞머리만 접혔다 펴지면서 움직이는 제품 등이 있다.

몸체 전체가 빨대처럼 접혔다 펴지면서 움직이는 제품의 경우, 움직임의 범위가 길어 더 강한 자극을 줄 수 있다는 장점이 있지만 제품이 질을 자극하는 대신 손을 밀어내기도 하는 단점이 있다. 또한 소음이 큰 편이며, 접히는 부분과 손잡이가 실리콘 일체형으로 되어 있지 않다면 이음새에 물이 차서 위생적이지 않을 수 있다.

제품이 움직이며 손을 밀어내는 현상을 방지하기 위해 바닥이나 벽에 고정하는 제품도 있다. 이런 제품은 위치만 맞추면

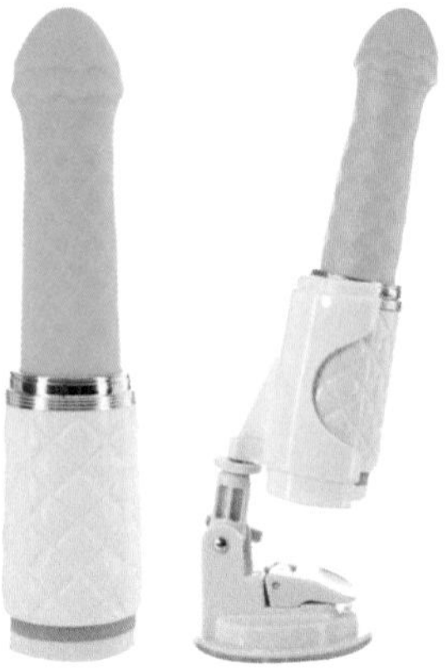
BMS Factory사의 PillowTalk Feisty
(왼쪽: 브래킷 미부착, 오른쪽: 브래킷 부착)

손을 사용하지 않아도 돼서 편리하지만, 제품 고정용 브래킷이 무겁거나 바닥이나 벽의 재질에 따라 단단히 고정되지 않는 경우도 더러 있다. 또 크기가 큰 편이라 보관하거나 관리하는 데 불편함이 따르기도 한다. 브래킷이 있을 때와 없을 때의 장점을 모두 살리기 위해 브래킷의 탈부착이 가능한 제품도 있다.

휴대성은 높이고 피스톤의 특성은 그대로 살리기 위해 고안된 것이 바로 앞머리만 접혔다 펴지면서 움직이는 제품이다. 손이 밀리는 현상이 아예 없지는 않지만 훨씬 덜한 편이다. 하지만 몸체 전체가 피스톤 운동을 하는 제품에 비해서는 자극 범위가 짧다. 소음은 몸체 전체가 움직이는 제품보다는 작지만 일반 바이브레이터에 비해서는 크다.

Zalo사의 King

핫한 제품군인 만큼 위 분류 외에도 기존의 단점을 보완한 신제품들이 끊임없이 등장하고 있다. 예를 들어 고정용 브래킷 없이도 손이 밀리지 않으면서 피스톤의 사이즈와 자극 범위를 대폭 키운 제품이 최근 출시됐다. 제품 크기에 기겁한 나머지 포장을 뜯기도 전에 환불 요청을 한 고객님이 있을 정도로 거대하다!

질과 클리토리스를 동시에 자극하는 래빗형 바이브레이터

래빗형 바이브레이터는 앞서 소개한 삽입형 바이브레이터의 중간에 돌기 하나가 더 돋은 형태의 제품이다. 삽입과 동시에 클리토리스도 자극할 수 있도록 설계되어 보통 두 개의 모터가 들어가므로 일자형 삽입 바이브레이터에 비해 가격이 비싼 편이다.

래빗형 바이브레이터의 치명적 단점은 신체 구조에 따라 호불호가 갈린다는 점이다. 클리토리스 자극 돌기가 높게 위치할수록 삽입 가능 길이는 짧아지고, 반대로 돌기가 낮게 위치할수록 삽입 가능 길이는 길어진다. 일자형 제품이라면 원하는 만큼만 적당히 삽입할 수 있겠지만, 래빗형 제품은 클리토리스와 질을 동시에 자극하기 위해 너무 깊게 삽입해야 하거나 충분히 깊게 삽입하지 못할 수 있다. 혹은 요상한 각도와 자세로 사용해야 할지도 모른다. 클리토리스 자극 돌기의 길이와 각도에 따라서도 사용 경험이 달라진다. 질과 클리토리스의 거리에 따라 같은 제품도 누군가에게는 베스트, 누군가에게는 쓸모 없는 제품이 될 수 있다. 성생활용품 특성상 제품을 써보고 살 수는 없으니 어느 정도 운에 기댈 수밖에 없다. 이런 이유로 래빗형 바이브레이터는 삽입 제품이 처음인 사람에게는 추천하지 않는다.

진동 래빗형 바이브레이터

가장 클래식한 형태의 래빗 바이브레이터. 삽입 막대와 클리토리스 자극 돌기가 모두 진동하는 유형이다. 만약 제품이 잘 맞지 않더라도 삽입 막대에 진동 기능이 있으므로 클리토리스 자극용 바이브레이터로 활용할 수 있다.

Blush Novelties사의
Aria 라인 제품 Electrify

로테이션 래빗형 바이브레이터

삽입 막대가 진동하지 않고 빙글빙글 돌아가는 제품이다. 삽입 막대가 360도 돌아가며 질을 휘젓기(?) 때문에 진동만 하는 제품에 비해 훨씬 더 강하게 질을 자극한다. 단점이 있다면 일반 진동 제품에 비해 소음이 크고, 삽입 막대를 클리토리스 자극용으로 활용하기는 어렵다.

BMS Factory사의
The Kissing Swan

'삽입은 안 하고 클리토리스 자극 돌기만 사용하면 안 될까?'라는 생각이 들 수도 있다. 불가능한 것은 아니지만 삽입하지 않고 돌기를 클리토리스에 갖다 대려면 제품을 아크로바틱한 각도로 꺾어야 한다. 그래서 불편하고 효과가 덜할 뿐 아니라 무리하게 제품을 꺾다 보면 선이 끊어져 제품이 고장날 수 있다.

까딱까딱 핑거링 바이브레이터

질 안에서 360도 돌기만 하기보다 '정확한 스팟을 제대로 공략하겠다!'는 의도로 기획된, 로테이션에서 한 단계 더 발전한 제품이다. 손가락으로 핑거링을 하듯이 삽입 막대가 까딱까딱 앞뒤로 움직인다. 개인적으로는 로테이션 제품보다 만족스럽게 사용했지만, 사용감은 사람마다 제각각이므로 나의 경험이 모두의 만족을 보장하는 것은 아니다. 마찬가지로 단점이라면 클리토리스만 자극하기는 어렵다는 것.

Blush Novelties사의 Hop 라인 제품 Rave Rabbit

클리토리스를 자극하는 제품

바이브레이터

누구에게나 친숙한 클래식 바이브레이터! 진동을 통해 클리토리스를 자극하는 제품 모두가 여기에 해당한다. 진동 외에는 기능이 없기 때문에 회전하거나 움직이는 제품에 비해 소음이 작은 편이며, 대부분의 사람이 호불호 없이 즐겨 사용할 수 있다는 장점이 있다. 섹스토이 입문자라면 비용 부담도 적고 어지간해서는 실패할 염려가 없는 이 제품군을 적극 추천한다. 디자인이 다양하고 크기가 작은 제품도 많아 사생활을 보호하기에도 좋다.

새티스파이어사의
Mini 라인 제품
Sparkling Darling

핀포인트 자극 바이브레이터

아주 작은 팁이 쉴 새 없이 진동하며 클리토리스를 때리듯 자극하는 제품이다. 자극 팁이 아주 작기 때문에 미세한 부분에 자극을 집중할 수 있다. 자극이 아주 강하다는 점은 단점이기도, 장점이기도 하다. 자극이 강해서 너무 좋다는 후기와 너무 아파서 사용하기 힘들다는 후기로 나뉜다.

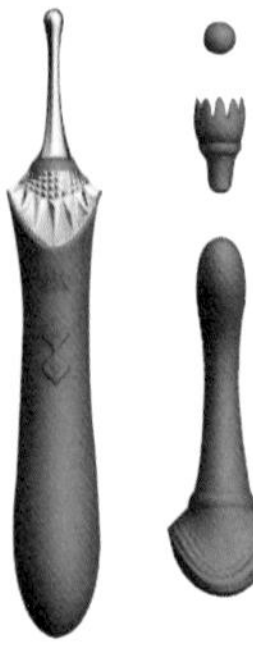

Zalo사의 Bess

석션 토이

여성용 섹스토이계에 혜성처럼 등장해 수년 동안 베스트셀러 자리를 놓치지 않고 있는 석션 토이. 작동 방식이 다소 생소하고 제품의 종류가 워낙 다양해 고객님의 질문이 끊이지 않는다. 대표적인 석션 토이 새티스파이어를 수입하고 판매하는 사람으로서 가장 많이 받았던 질문들을 모아 정리해 보려고 한다. 오늘 석션 토이에 대한 궁금증을 모조리 해결해보자!

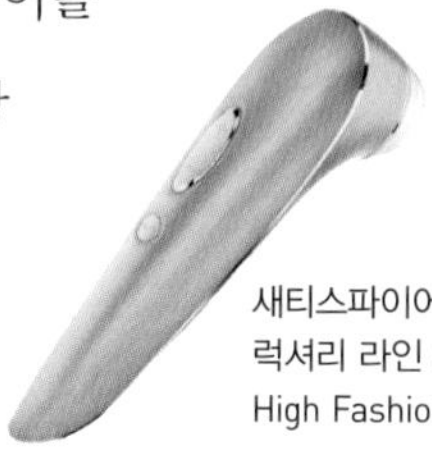
새티스파이어사의
럭셔리 라인 제품
High Fashion

① 석션 토이인데 석션(Suction)이 안 돼요!

새티스파이어나 우머나이저와 같은 제품들을 보통 '석션 토이'라고 부른다. 석션 토이라는 용어가 널리 통용되고 자리를 잡으면서 이제는 다른 용어로 대체하기 어려워졌지만, 엄밀하게 말하자면 '석션 토이'는 정확한 표현이 아니다. 진공청소기처럼 공기를 흡입하는 제품은 아니기 때문이다.

더 적절한 용어를 찾자면 '공기압형 토이'나 '에어 토이' 정도가 되지 않을까? 우머나이저는 'Pleasure Air', 새티스파이어는 'Air Pulse'라는 용어로 기술을 표현하고 있다. 두 제품의 원리를 대략 설명하자면, 실리콘 헤드의 입구가 살에 밀착된 상태에서 실리콘 판막의 움직임을 통해 내부를 진공 상태처럼 만들어 살이 당겨지는 느낌을 주는 것이라고 할 수 있다. 그러니 석션이라고 해도 아주 틀린 말은 아니겠지만, 어쨌든 청소기식의 석션을 기대하면 생각과는 다른 사용감에 당황스러울 수 있다. 그렇다고 실망할 필요는 없다. 전 세계적 명성이 괜히 생겼겠는가? 플레저 에어든 에어 펄스든 석션 제품과 함께라면 신속 퀵 강력 오르가슴도 어렵지 않다.

새티스파이어를 판매하다 보면 석션이라는 용어 때문에 종종 '머리카락에 가까이 대어봤는데 전혀 빨려 들어가지 않아요!'나 '석션이 되지 않아요! 불량인 것 같아요' 하는 문의가 들어온다. 석션이 되지 않는 석션 토이에 어리둥절할 분들을 위해 고장 여부를 확인할 수 있는 팁을 남겨본다. 다음 두 가지가 확인된다면 해당 제품은 정상이다.

· 엄지손가락이 실리콘 헤드를 완전히 가리도록 살포시 갖다 댄 상태에서 제품을 1~2단계로 작동시켰을 때 엄지손가락에 살포시 당겨지는 느낌이 드는지 확인한다.
· 실리콘 헤드를 90% 정도 막은 상태에서 제품을 켜고, 남은 10%의 틈에 입술을 가까이했을 때 미세한 바람이 나오는 것이 느껴지는지 확인한다.

② 그렇다면 진짜 석션이 되는 토이는 없나요?

진공청소기처럼 클리토리스를 빨아들이면 기분 좋을까 싶은 마음에, 진공청소기식 석션으로 유명한 영국 모 사의 제품을 사용해본 적이 있다. 석션이 너무 강력해 제품을 작동시킨 상태에서 손가락을 갖다 대었다가 다시 떼려면 손가락을 세게 당겨야만 뽓- 하는 소리를 내며 겨우 떨어질 정도의 제품이었다. 제품의 밑바닥에는 공기배출구가 있어서 위로 빨아들인 공기와 수분을 아래로 토해낸다.

결론부터 말하자면 이는 실패한 쇼핑이었다. 물론 모두의 몸이 다르기 때문에 나에게 별로인 토이가 타인에게도 별로라는 법은 없다. 토이에는 왕도가 없으며 내 경험이 모든 사람에게 일반화될 수는 없다. 어쨌든 나는 실패했다. 첫 번째 실패 요인은 자극 위치를 찾기가 정말 어려웠다는 점이다. 새티스파이어를 많이 사용해본 터라 위치 찾기를 어려워한 적은 없었는데, 이 제품은 대충 놓아서 될 것이 아니었다. M자 다리를 하고 쪼그린 채 열심히 위치를 찾고 있자니 시작도 전에 진한 현타가 몰려왔다.

두 번째로는 별 느낌이 없었다. 거울을 앞에 두면서까지 고생고생해서 제대로 위치를 찾았고 클리토리스를 제대로 석션하고 있는 것도 분명했는데 딱히 좋은 느낌이라고 할 만한 게

없었다. 위치를 잘못 찾은 건가 하고 여러 번 시도했지만 달라지는 것은 없었다. 클리토리스보다는 양옆 날개가 쓸리고 아린 느낌이었다.

세 번째로는 밑바닥의 공기배출구가 거슬렸다. 진공청소기처럼 석션을 하는 제품이다 보니 위에서 빨아들인 공기와 물을 아래로 토해내는 구조로 되어 있다. 제품 사용 전 물로 입구를 깨끗하게 씻은 뒤 물기를 열심히 털었음에도 전원을 켜자마자 제품이 내 배 쪽으로 물을 퉤퉤퉤 뱉어냈다. 깨끗한 물이어서 기분 나쁘지는 않았지만, 만약 수돗물이 아니라 다른 액체였다면 기분이 좋지는 않았을 것이다.

③ 소음이 많이 큰가요?

석션 토이의 소음은 일반적인 바이브레이터와 비교하면 큰 편이다. 요즘은 기술이 발달해 바이브레이터 제품군에서는 이불만 둘러써도 한 방에서조차 소리를 알아채지 못할 정도의 제품들도 나오고 있지만, 석션형 제품은 아무래도 진동형 제품처럼 조용해지기는 어렵다. 하지만 제품을 살에 밀착시킨 상태에서는 소음이 아주 많이 줄어든다. 소음에 민감한 환경에서 사용한다면 제품을 먼저 클리토리스에 밀착시킨 다음 전원을 켜는 것을 추천한다.

④ 토이 입문자가 사용할 만한가요?

클리토리스 자극용 토이 대부분은 입문자가 사용하기에 무리가 없다. 삽입형 제품의 경우 두께 때문에 입문자가 선뜻 사용하기 어려운 경우가 많지만, 클리토리스 자극용 토이는 숙련도를 딱히 가리지 않는 편이다.

다만 석션 토이만의 주의사항이 있다. 진동형 토이와 다르게 단계가 높아질수록 자극의 강도가 급격하게 강해지기 때문에 처음 사용하는 사람이라면 반드시 낮은 단계부터 차근차근 올려야지, 처음부터 갑자기 높은 단계를 시도해서는 안 된다. 또한 파트너와 함께 쓸 경우 반드시 상대방의 반응을 살피며 낮은 단계에서 차분히 사용할 것을 당부한다.

(2) 파트너와 함께 사용하는 토이

웨어러블 바이브레이터

웨어러블 바이브레이터는 보통 속옷에 끼우거나 질에 삽입하여 클리토리스를 자극하도록 고안된 제품이다. 리모컨 또는 앱을 통해 무선조종 하는 방식으로 사용한다. 잘 맞는 제품을 구매한다면 연인과의 시간을 즐겁게 보내는 것은 물론, 손 대지 않고 사용할 수 있는 편리한 바이브레이터를 얻게 되겠지만 아쉽게도 웨어러블 바이브레이터를 구매할 때에도 주의할 점이 있다.

첫 번째는 무선 리모컨이 잘 작동되지 않을 수 있다는 것. 제품을 착용한 뒤 옷을 입고 사용하는 경우가 많은 데다가, 수신부가 질 내에 삽입되면 신호 수신이 더욱 어려워진다. 실제 사용 중에는 리모컨이 작동하지 않을 수도 있다는 점을 감안하고 구매하는 것이 좋다.

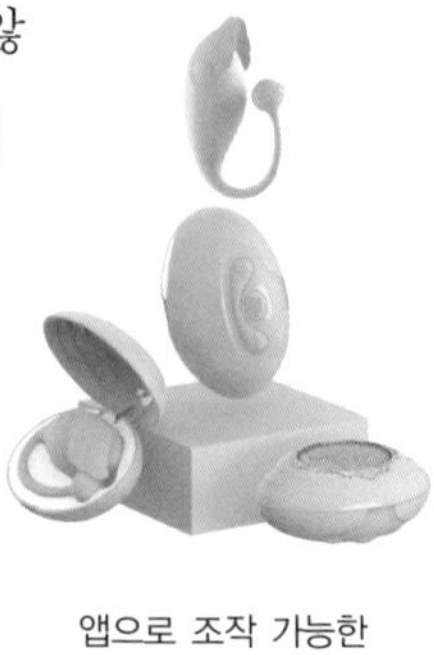
앱으로 조작 가능한
Zalo사의 Amorette

두 번째는 별 좋은 느낌 없이 진동감만 느껴지는 '따르릉~ 보지에 전화 왔어요~' 상황이 펼쳐질 수 있다는 것! 이를 피하기 위해서는 착용 시 클리토리스를 자극할 수 있는 디자인의 제품을 고르는 것이 중요하다. 질 삽입부는 제품을 고정하기 위한 장치 정도로만 생각하고, 클리토리스에 진동을 정확히 전달할 수 있는 제품을 골라야 한다. 클리토리스 자극이 제대로 되지 않은 채 질 삽입부만 진동하게 되면 보지에 전화 온 사람이 되어 그저 황망한 기분만 느끼게 된다. 안타까운 건 사람마다 클리토리스와 질의 거리·각도 등이 달라 어떤 제품이 클리토리스를 자극할 수 있을지 예측하기 어렵다는 점이다. 복불복을 각오해야 한다.

세 번째는 성교 보조 기구로 사용하기는 아주 어렵다는 점! 헤테로 섹스 시 착용하면 여성의 클리토리스와 남성의 성기를 함께 자극한다고 홍보하는 웨어러블 제품들이 몇 있다. 그럴싸해 보이지만 V자 모양의 웨어러블 바이브레이터는 어지간해서는 섹스하면서 동시에 사용할 수 없다. 질에 삽입하여 고정시킨 제품이 페니스가 들락날락하며 격하게 움직이는 상황에서 제자리를 버티고 있을 수는 없다. 제품도 함께 흔들리고 결국엔 빠지며 오히려 방해만 될 확률이 아주 높다. V자 모양의 제품을 구매할 때에는 성교 보조용으로 사용할 수 있을 거라는 기대를 버리자.

칵링

그렇다면 성교 보조용으로는 어떤 제품을 구매해야 할까? 바로 '칵링'이라고 불리는 발기 강화 고추 반지를 추천한다. 칵링은 발기한 성기 주변을 타이트하게 잡아주어 성감을 고조시키고 발기를 강화하면서 오래 유지시켜주는 도구다. 실리콘 혹은 TPR/TPE로 만들어진 단순한 원형의 수동 링과 링 끝에 바이브레이터가 달려서 클리토리스를 함께 자극하는 진동 링이 있다.

Blush Novelties사의 Performance VS4 퓨어 프리미엄 칵링 세트

수동 링은 가지각색의 형태와 사이즈로 출시되며 가격도 부담스럽지 않으므로 원하는 사이즈와 형태의 제품을 구매하면 된다. 단, 착용자의 성기 크기보다 살짝 작은 직경의 제품을 사용해야 성기를 타이트하게 잡아주어 원하는 효과를 볼 수 있다.

진동 칵링은 수동 링에 진동 기능이 더해진 제품으로, 왕복운동을 할 때마다 링 끝의 바이브레이터가 클리토리스에 부딪히며 자극을 주는 원리다. 아주 저렴한 1회용 제품부터 다회용 충전식 제품까지 가격대와 기능, 성능이 다양하다.

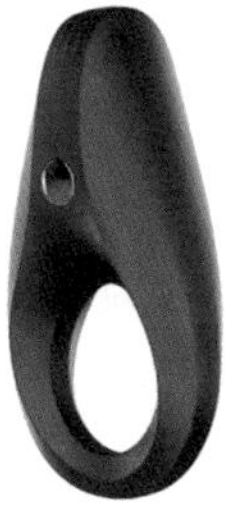
새티스파이어사의 Satisfyer Ring

스트랩온

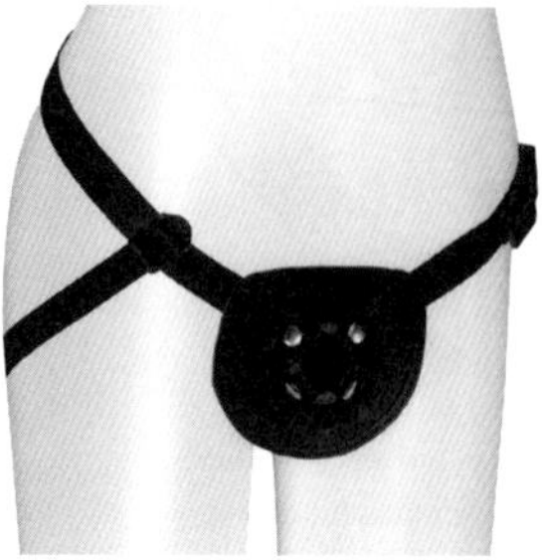
Blush Novelties사의 SX For You

스트랩온은 딜도를 착용할 수 있도록 만들어주는 기구다. 딜도를 착용하고 섹스를 할 경우 두 손이 자유로워지므로 손을 활용해 기쁨을 배가시킬 수 있다.

스트랩온 하네스는 벨트처럼 신체에 착용하여 중앙의 링에 딜도를 고정하는 도구다. 스트랩을 안정감 있도록 딱 맞게 조절할 수 있어 벗겨질 염려가 덜하다는 장점이 있다. 또한 하네스를 하나만 구매해도 다양한 딜도를 바꿔가며 사용할 수 있다. 단점은 스트랩을 조였다 풀었다 하는 착용 과정이 번거롭다는 점, 격한 움직임과 땀으로 인해 스트랩에 살이 쓸려 아플 수 있다는 점 그리고 하네스를 착용하는 기버(Giver)는 육체적 즐거움을 느끼기 어렵다는 점이다.

이러한 스트랩온 하네스의 단점을 보완한 제품이 스트랩리스 스트랩온이다. 스트랩을 조이고 풀어가며 착용해야 하는 하네스와는 다르게, 스트랩리스 스트랩온은 짧은 부분을 착용자가 질에 삽입하기만 하면 착용이 끝난다. 착용자도 신체적인 즐거움을 느낄 수 있다는 것 그리고 착용자와 파트너 사이를 가로

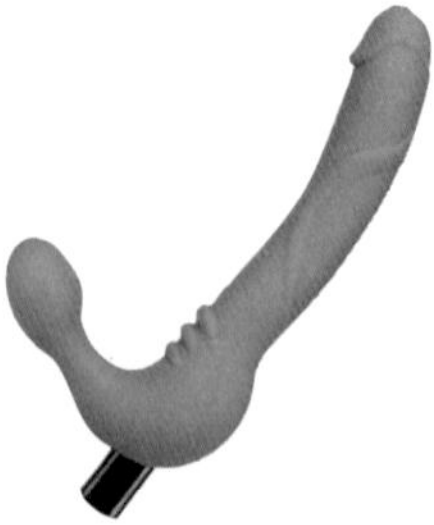

Blush Novelties사의
Temptasia Luna

막는 판이 없으므로 서로 살을 맞대며 더 친밀하게 섹스를 즐길 수 있다는 점도 장점이다.

당연히 단점도 존재한다. 제품이 몸에서 떨어질 확률이 높고, 스트랩온 하네스처럼 딜도를 바꿔가며 사이즈와 형태를 조절할 수 없다는 점이다. 특히나 고정력이 떨어지는 것은 스트랩리스 스트랩온의 치명적인 결점이다. 이를 극복하고 고정력을 높이기 위해 앞이 뚫린 스트랩온 하네스와 함께 사용하는 경우도 종종 있는 것을 보니, 세상 어디에도 모두를 만족시킬 수 있는 궁극의 섹스토이는 없다는 생각이 든다.

지금까지 소개한 제품 외에도 다양한 종류의 휘황찬란한 반려가전들이 고객님을 기다린다. 더불어 오늘도 많은 생산자가 연구와 개발을 거듭해가며 기존의 단점을 보완한 새 상품을 출시하고자 최선을 다해 노력 중이다. 유포리아도 매일 변화하는 글로벌 섹스토이 업계의 동향을 늘 주시하며 가장 좋은 제품을 고객님들에게 소개하기 위해 힘쓰고 있다!

(3) 토이 소재 완전 정복

이제 내가 원하는 제품을 알게 되었으니 장바구니에 담기만 하면 될 것 같지만, 반려가전 쇼핑에는 또 다른 복병이 존재한다. 바로 소재의 안전성! 앞에서도 프탈레이트에 관해 간략하게 언급했지만 생식기에 직접 맞대고 사용하는 제품인 만큼 안전성에 대해 두 번 세 번 언급해도 지나치지 않다. 숨은 지뢰들을 찾아내고 안전한 섹스토이를 고를 수 있는 방법을 알아보자!

설명하기에 앞서 꼭 알아두어야 할 용어 두 가지를 소개한다.

프탈레이트?

프탈레이트는 비닐 혹은 플라스틱에 열을 가해 부드럽게 만들거나 모양을 변형시킬 때 첨가하는 가소제로, 생식 장애, 내분비계 장애, 어린이 뇌 발달 장애 등을 일으킬 수 있는 환경호르몬 물질이자 발암물질이다.

다공성/비다공성?

다공성(Porosity)이란 소재의 표면에 난 미세한 구멍을 말한다. 제품 표면에 미세한 구멍이 있으면 제품을 깨끗하게 세척해도 보이지 않는 틈새에 박테리아가 증식할 수 있다. 비다공성은 제품 표면에 구멍이 없이 매끈하다는 의미로, 완벽히 세척할 수 있어서 더욱 위생적이라는 장점이 있다. 다만 아무리 비다공성 제품이라 하더라도 제품의 이음새를 꼼꼼히 세척하지 않으면 박테리아가 증식할 수 있다.

따라서 섹스토이는 반드시 프탈레이트가 함유되어 있지 않고, 가급적이면 비다공성인 소재가 좋다. 그럼 이제 본격적으로 토이들의 주요 소재(실리콘, TPR/TPE, PVC)에 관해 이야기할 차례!

안전한 소재 고르기

실리콘

프탈레이트로부터 안전한가? O
비다공성? O

실리콘은 가장 널리 사용되는 섹스토이 소재다. 많은 제품이 실리콘으로 제조되는 데에는 이유가 있다. 실리콘은 프탈레이트를 포함한 가소제가 함유되어 있지 않아 인체에 안전하며, 비다공성이기 때문에 위생적으로 관리할 수 있다. 게다가 열에 강해서 뜨거운 물에 소독하는 것도 가능하다. 주의해야 할 점은, 실리콘은 열에 강해도 전자기기는 열에 강하지 않다는 것이다. 수동 제품의 경우 뜨거운 물에 소독해도 괜찮지만, 모터가 포함된 전동 제품의 경우 절대 화기에 가까이하거나 뜨거운 물에 담가서는 안 된다.

일부 판매처에서는 재질에 대해 자세히 알아보지도 않고 말랑말랑한 제품을 무조건 실리콘이라고 둘러대기도 한다. 섹스토이는 다른 생활용품과 달리 의무 표시 사항 규정도, 소재에 대한 규정도 없기 때문에 판매자들마저 소재 정보를 잘 모르는 경우가 허다하다. 제대로 된 규제가 생기기 전까지는 소비자가 성분에 관해 잘 알아보고 구매할 수밖에 없다. 그렇다면 나의 실리콘 딜도가 정말 확실한 실리콘인지 확인하려면 어떻게 해야 할까?

외관 첫 번째로는 외관을 보면 된다. 유리처럼 투명한 실리콘 섹스토이는 그동안 수천 수만 개의 제품을 만나온 나도 아직 본 적이 없다. 하얀색의 실리콘 토이라고 하더라도 유리처럼 속이 투명하게 보이는 경우는 없으며, 불투명하고 안개가 낀 듯 뿌연 게 특징이다. 만약 투명한 섹스토이가 저렴하기까지 하다면 소재를 의심해봄이 타당하다.

감촉 실리콘은 표면이 매끈하고 부드럽지만 약간 단단한 느낌으로, 쫀득쫀득하거나 말랑말랑하거나 신축성이 좋지는 않다. 큐어링 공정 방식을 거치면 촉감이 매트하지 않고 살짝 끈적이는 경우도 있다. 예외적으로 제품의 내부는 말랑말랑한 소재를 사용하고, 외부는 실리콘으로 덮어 제조하면 찹쌀떡처럼 부드러운 실리콘 제품을 만들 수 있다. 이러면 안전성과 위생이라는 실리콘의 장점에 말랑말랑한 감촉까지 더해지니 더 바랄 것이 없겠지만, 공정이 복잡하여 100% 실리콘 제품보다 가격이 다소 비싸진다. 그리고 이중 소재이므로 만져보면 외피의 경도와 내피의 경도가 다른 것을 쉽게 확인할 수 있다. 만약 가격이 저렴한 실리콘 토이가 말랑말랑 쫀득쫀득하고, 외피와 내피의 차이까지 없다면 주의 깊게 살펴보아야 한다.

확실하게 실리콘 여부를 확인하고 싶다면, 실리콘 제품의 가장자리를 불에 살짝 그을려보면 된다. 물론 전기를 사용하는 제품은 화기에 가까이해선 안 된다. 수동 제품만 이 방법으로 소재를 확인할 수 있다. 하얀 재가 생기면서 타면 실리콘이고, 액체가 생기면서 녹아내리면 실리콘이 아니다. 살짝 그을린 실리콘은 재를 툭툭 털어준 뒤 세척하면 다시 위생적으로 사용할 수 있다.

세척 및 관리 실리콘은 비다공성으로 관리가 간편하다. 저자극 항균 비누 혹은 핸드워시로 세척하거나, 토이 전용 클리너를 사용한다. 실리콘은 열에 강하니 뜨거운 물에 소독할 수도 있다.

주의사항 실리콘 재질의 섹스토이는 실리콘 오일과 함께 사용할 경우 표면이 마모될 수 있다. 루브리컨트와 함께 사용할 때 워터베이스 루브리컨트를 선택하는 것이 좋다. 또한 대부분의 콘돔에 들어 있는 윤활유는 실리콘 오일 베이스이므로 콘돔과 함께 사용할 때는 윤활유를 닦아낸 뒤 사용하기를 권장한다. 실리콘 제품은 타인과 공유하지 않는 이상 콘돔을 씌워 사용하지 않아도 사용 전후 꼼꼼하게 세척만 해주면 충분히 위생적이고 안전하다.

TPR/TPE(Thermo Plastic Rubber/Thermo Plastic Elastomer)

프탈레이트로부터 안전한가? △
비다공성? X

(△: 프탈레이트가 첨가된 토이도, 첨가되어 있지 않은 토이도 있다. 유럽 안전 인증 CE는 프탈레이트의 사용을 금지하고 있으므로, 유럽에서 유통되는 제품의 경우 프탈레이트가 첨가되어 있지 않다.)

TPR/TPE는 열가소성 고무/엘라스토머의 준말로, 두 소재의 특성이 거의 유사해 용어가 혼용되기도 한다. TPR/TPE 소재는 프탈레이트가 첨가되어 있지 않다면 공갈 젖꼭지, 젖병, 요리 도구 등에 사용될 만큼 안전성 면에서는 걱정하지 않아도 되지만 비다공성이 아니라는 점은 극복하기 어려운 흠이다. 제품 표면에 미세한 구멍이 나 있어, 세척을 꼼꼼히 하더라도 위생적으로 관리하기가 쉽지 않다.

TPR/TPE는 실리콘과 혼합될 수 없으니 'TPR 실리콘', 'TPE 실리콘' 등의 소재명을 발견한다면 '아, 이 제품은 소재를 알 수 없는 제품이구나'라고 생각해야 한다. TPR/TPE의 최대 장점은 실리콘보다 훨씬 탄성이 좋아 부드럽고 말랑말랑하게 제조할 수 있다는 점이다. 사람의 피부 감촉과 흡사하게 만들 수도 있다. 그 때문에 촉감이 중요한 남성용 오나홀은 일반적으로 실리콘보다 TPR/TPE를 사용한다.

외관 실리콘과 달리 투명하게 제조할 수 있다. 불투명하게 제조하는 것도 가능하다. 뿌옇지 않고 선명하게 투명한 제품, 내부 구조가 또렷이 들여다보이는 말랑한 소재의 경우 TPR/TPE 혹은 PVC일 확률이 높다.

감촉 탄성이 좋으며 부드럽고 말랑말랑하다. 사람 피부 감촉과 가장 비슷하다. TPR/TPE를 섹스토이 소재로 사용하는 이유는 대부분 촉감 때문이다.

세척 및 관리 열에 약할 수 있으므로 뜨거운 물에 세척하기보다 미온수와 저자극 항균 비누로 세척하거나 토이 전용 클리너를 사용하기를 추천한다. 직사광선이나 높은 온도에 장시간 노출될 경우 제품이 녹아내릴 수 있다. 남성용 오나홀은 세척 후 수분을 제거한 뒤 파우더를 뿌려 보관하곤 한다.

PVC(Polyvinyl chloride, 폴리염화비닐)

프탈레이트로부터 안전한가? △
비다공성? X

(△: 프탈레이트가 첨가된 토이도, 첨가되어 있지 않은 토이도 있다. 다만 PVC는 별도의 표기가 없다면 프탈레이트가 함유된 것으로 간주

하는 것이 안전하다.)

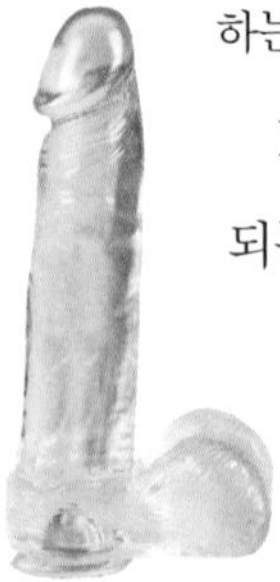
투명한 PVC 딜도

PVC는 가장 주의해야 할 소재로, 최근에는 사용되는 빈도가 많이 줄었지만 단가가 낮아 여전히 저렴한 섹스토이에 종종 쓰이는 소재다. 별도의 표기가 없다면 프탈레이트가 첨가되어 있는 것으로 여겨도 무방할 정도로 상당수의 PVC 제품에 프탈레이트가 첨가되어 있다.

또한 다공성이기 때문에 TPR/TPE와 마찬가지로 위생적으로 관리하기가 쉽지 않다. 직사광선이나 높은 온도에 장시간 노출되거나 PVC 소재의 딜도들을 함께 보관할 경우 닿는 표면이 녹아내리면서 화학 성분을 방출하기도 한다.

외관 PVC는 외관상 TPR/TPE와 구분하기 어렵다. 불투명하게도, 투명하게도 제조가 가능하다.

촉감 표면이 끈적끈적하고 말랑말랑한 젤리 같은 느낌이다.

냄새 멀미가 날 것 같은 화학적인 냄새가 난다. 어릴 적 가지고 놀던 애니메이션 캐릭터 투명 딱지 냄새와 흡사하다.

세척 및 관리 만약 PVC 소재의 제품을 가지고 있다면 세척이나 관리할 것 없이 사용을 중단하기를 권한다. 꼭 PVC 제품을 써야 한다면 직사광선을 피해 보관하고, 사용 시에는 위생과 안전을 고려하여 콘돔을 씌워서 사용해야 한다.

주의사항 PVC에 대한 선호도가 높지 않아 '실리젤', '젤리실리콘', '실로젤' 등 정체불명의 이름으로 부르기도 한다. 특히 소재에 '젤리'라고 적혀 있으면 PVC 제품일 확률이 아주 높다.

맺음말

사실 내 글에 자신이 없었다. 섹스토이를 파는 특이한 직업과 이력에 걸맞게 별난 작가의 특별한 이야기를 들려줘야만 할 것 같아서였다. 멋진 이야깃거리가 없어 독자들이 실망할까봐 걱정하면서도, 내가 먹고사는 이야기가 너무 별나서 아무도 공감하지 못하고 현실에 발붙이지 못한 몽상가의 이야기가 될까봐 불안했다.

지금에 와서 돌이켜보니 특이한 내 직업이 글을 시작하게 해주었다면, 끝까지 쓸 수 있었던 원동력은 특별하고 독특한 영웅담이 아닌 동시대를 함께 살아가고 있는 여성들과 공감하고자 하는 욕구였다. 나보다 앞서 자신의 이야기를 솔직히 나눠준 많은 여성이 있었기에 나의 상처받은 기억들이 나만의 이야기가 아니라는 것을 알고 위로받아, 내 경험을 글로 옮길 수 있었다. 글을 쓰는 내내 내가 위로받았듯, 내 글이 단 한 명이라도 위로해줄 수 있기를 바랐다.

이 책을 처음 쓰기 시작한 2020년 봄부터 지금까지 많은 일이 있었다. 책을 쓰는 동안 나는 조력자살 지원 단체에 가입했고, 폐쇄병동에 두 번 입원했다. 나만 우울한 건 아니었지만, 나도 너무나 우울했다. 삶과 죽음 사이를 저울질하던 나를 땅에 발 딛게 한 건 조그맣고 소중한 반려 햄스터들에 대한 책임과 이 책을 꼭 세상에 보여주고 싶다는 작은(?) 욕심이었다.

어떻게든 책은 끝내고 죽어야지 하는 마음으로 글을 썼는데, 죽을 마음으로 쓴 글이 나를 위로했다. 특히 3장을 쓰며 나를 주저앉혔던 경험들을 활자로 옮기고, 마음 깊숙한 곳에 숨어 있던 감정들에 이름표를 달아주었다. 너무 한참 잊고 살아 무뎌진 줄 알았던 묵은 기억들이었다. 끄집어내고서야 그게 그토록 나를 아프게 했다는 걸 알았다. 그렇게, 유서로 대체될 줄 알았던 맺음말까지 글을 끌고 올 힘이 생겼다.

책을 핑계로 죽음을 유예하는 동안 마법같이 마음의 병이 싹 나았(!)다면 좋았겠지만, 그런 동화 같은 일은 벌어지지 않았다. 어쨌든 그럭저럭 삶은 버틸 만해졌고, 기대하고 기다릴 또 다른 삶의 설렘들이 생겼다. 혹시 책을 읽고 반려가전에 호기심이 생긴 독자라면, 반려가전과 함께 죄책감도 수치심도 벗어던지고 행복하게 만끽하는 자신의 성이 삶의 작은 설렘으로 자리하기를 소망한다.

'코로나 블루'라는 다섯 글자로 대변하기에는 너무 깊은 집단 우울의 시대이다. 우리는 가라앉지 않으려고 아등바등 물장구를 치고 있지만, 물살은 거세고 수심은 깊다. 물 밖으로 고개를 내밀고 숨을 쉬는 것도 평소보다 배는 어렵다. 뻔한 말 같지만 우리 모두 잘 버티고 있다고, 포기하지 않고 함께 물장구를 쳐줘서 고맙다고 나와 우리를 위로하고 격려하고 싶다.

서로의 힘이 되는 여성들에게, 끝없는 존경과 사랑을 전하며 이 책을 마무리한다.

혼자서도 잘하는 반려가전 팝니다

혐오와 착취는 취급 안 하는 여성 전용 섹스토이숍 유포리아 이야기

1판 1쇄 발행일 2021년 9월 20일

지은이 안진영

발행인 김학원
발행처 (주)휴머니스트출판그룹
출판등록 제313-2007-000007호(2007년 1월 5일)
주소 (03991) 서울시 마포구 동교로23길 76(연남동)
전화 02-335-4422 **팩스** 02-334-3427
저자·독자 서비스 humanist@humanistbooks.com
홈페이지 www.humanistbooks.com
유튜브 youtube.com/user/humanistma **포스트** post.naver.com/hmcv
페이스북 facebook.com/hmcv2001 **인스타그램** @humanist_insta

편집주간 황서현 **편집** 하빛 이영란 **디자인** 이수빈 **일러스트** 최진영
용지 화인페이퍼 **인쇄** 청아디앤피 **제본** 정민문화사

ISBN 979-11-6080-709-7 03810